LES TRADITIONS ORALES SONT LA MÉMOIRE DE L'HUMANITÉ ET ELLES NE SONT JAMAIS PLUS INTÉRESSANTES QUE QUAND ELLES SE MÉTISSENT POUR CHANTER LA BEAUTÉ DES PEUPLES.

MÉMOIRE D'ENCRIER

1260, RUE BÉLANGER – BUREAU 201
MONTRÉAL, QUÉBEC   H2S 1H9

INFO@MEMOIREDENCRIER.COM
MEMOIREDENCRIER.COM

EN MONTANT LA RIVIÈRE

EN MONTANT LA RIVIÈRE

SÉBASTIEN LANGLOIS
JEAN-FRANÇOIS LÉTOURNEAU

En montant la rivière est une ode à la musique trad et aux chanteurs, conteurs et poètes québécois qui ont couru l'Amérique, colportant leurs chants jusqu'aux quatre coins du monde. Née du métissage des cultures des Premiers Peuples d'Amérique, des Français devenus Canadiens, des Irlandais et Écossais, la chanson traditionnelle québécoise dialogue aujourd'hui avec les cultures des peuples du monde entier. Chanson après chanson, les auteurs explorent les paradoxes et les trous de mémoire. Loin d'incarner un repli sur un folklore immuable, la chanson traditionnelle québécoise est une voie de passage entre différentes cultures, langues et rapports au monde ; elle est le témoin d'une humanité commune et partagée.

Ingénieur et professeur à l'Université de Sherbrooke, **SÉBASTIEN LANGLOIS** a grandi dans une famille de folklore et de veillées de chansons dans les champs et boisés de Sainte-Catherine-de-Hatley.

Enseignant, **JEAN-FRANÇOIS LÉTOURNEAU** est l'auteur d'un essai, *Le Territoire dans les veines* (Mémoire d'encrier, 2017) et d'un roman, *Le territoire sauvage de l'âme* (Boréal 2021). Il vit en Estrie.

TABLE

Préface 15

Introduction 23

L'imaginaire canadien et la tradition orale 39
Les chansons d'avirons 57
Les chansons et les Premiers Peuples 81
Les chansons de bûcherons 121
De la tradition orale à la littérature écrite,
à la chanson d'aujourd'hui 153

Conclusion 181

Références 189

*À Paul et la famille Langlois
de Sainte-Catherine-de-Hatley,*

*À Diane Bolduc, Paul Monette,
Olivier Brousseau et
tous les porteurs de traditions
des Cantons-de-l'Est.*

*C'est en remontant la rivière
qu'on apprend le sens de l'eau.*
            Gilles Vigneault

*Les chansons sont gardiennes
des mémoires oubliées.*
            Le Vent du Nord

PRÉFACE

PRÉFACE

Écrire l'histoire, chercher à connaître puis à faire connaître le passé humain n'a jamais été une entreprise à l'abri des polémiques.

Illustrer une mémoire, habiller un souvenir, raconter le passé ou remonter la pendule des aïeux pour en comprendre les battements de cœur est un défi de taille.

Comment s'opère et se justifie la sélection de ces objets ? Quelles méthodes devrait-on privilégier pour les aborder ? À quelle objectivité, le cas échéant, cette recherche peut-elle prétendre ?

De telles questions n'ont jamais cessé de se poser et elles ont souvent divisé les chercheurs et chercheuses pratiquant cette discipline.

Notre époque n'y échappe pas.

Chacun sait, par exemple, comment ce qu'on appelle parfois le présentisme, qui est cette tendance à porter, en particulier sur le plan moral, un jugement sur les acteurs et les croyances d'hier à la lumière des normes d'aujourd'hui, est un piège qui guette l'entreprise de connaître le passé humain. Ou encore comment sont souvent mis au jour des points aveugles dans l'histoire jusqu'ici contée. Des angles morts concernant le nationalisme identitaire, le colonialisme, le racisme, pour ne prendre que ces exemples, divisent et obligent à repenser ce qu'on sait ou croyait savoir du passé humain.

Ces débats, il faut le rappeler, ne divisent pas seulement le monde universitaire, mais sont souvent transportés jusque dans l'espace public. Les virulentes disputes qui se déroulent parfois sur ce genre de questions en font foi.

Les auteurs du livre que vous allez lire sont bien conscients de ces défis et ils les ont abordés avec une grande sensibilité et une remarquable érudition.

Leur mérite doit être souligné, d'autant qu'ils s'aventurent ici sur un territoire où, aux difficultés déjà évoquées, s'ajoutent celles que l'on rencontre immanquablement lorsque l'on aborde un objet comme la chanson traditionnelle. Même si l'histoire de la musique populaire est depuis assez longtemps déjà pratiquée et est désormais un domaine d'étude reconnu et passablement fréquenté, celle de la musique et de la chanson traditionnelles l'est beaucoup moins.

Il n'est pas simple d'étudier une tradition soutenue par l'oralité, mais dont plusieurs des porteurs n'ont aujourd'hui que trop rarement le privilège de se frotter directement à celle-ci, à travers de réelles rencontres humaines qui rendent possible ce collectage où l'apprentissage des répertoires comme des savoir-faire est en passation directe et par quoi la tradition orale peut espérer garder toute sa signification.

Les défis posés aux chercheurs et chercheuses sont donc majeurs, d'autant que les sources auxquelles s'alimenter ont, elles aussi, comme pour les contes et les légendes, une longue et complexe histoire. Ce qui nous ramène à cette tradition orale que les livres et les enregistrements n'ont que récemment commencé à préserver.

Le présentisme est ici aussi un des pièges qu'il faut éviter, et aucune recette ne garantit qu'on y parviendra totalement. Le nationalisme étroit et de repli sur soi en est un autre, comme l'est aussi le refus de voir une certaine permanence par-delà les multiples incarnations d'un phénomène culturel comme l'est justement la chanson. Sans rien dire du péril qu'il y aurait à ne pas reconnaître à quel point les rencontres, les voyages et les métissages ont joué un rôle important dans la construction d'un nous pluriel et qui n'a cessé et ne cesse d'être en mouvement.

Au total, bien conscients de ces pièges et de l'exigence de les éviter, les deux auteurs ont ici tissé le fil et la trame d'une riche et sensible manière de raconter une histoire unique au monde, celle de l'Amérique québécoise et de ses nombreux parents et enfants, de son imaginaire et de ses objets culturels transmis oralement.

Ce livre nous convie à voir nos traditions chantées dans le cadre plus vaste de la grande histoire de la chanson et à replacer le tout dans un nouveau contexte, avec de nouvelles nuances. Il est par là un appel à déposer collectivement un regard tendre et exhaustif sur ces enfants du sol, ce peuple d'Amériquois, métissé et mystérieux.

Comme toutes les mémoires, la nôtre est en mouvement. Ce livre, et c'est un de ses grands mérites, nous parle donc des périples de ces nouveaux Canadiens, des voyages des habitants de cet immense territoire, de la rencontre culturelle des peuples qui y vivent, des chansons

PRÉFACE

qu'ils partagent. Il nous invite à marcher dans des sentiers trop rarement arpentés, sans oublier de ramener à notre mémoire certaines coutumes ou certains glissements de mémoires, comme ces mots vieillis dont nous avions perdu le sens.

Les chansons se sont imprégnées de leurs nouveaux territoires, tout comme le territoire a fait naître de nouvelles chansons. Il est aussi intéressant de voir d'anciens modes musicaux survivre dans la tradition, avant que les instruments tempérés ne viennent redresser certaines mélodies et remettre brutalement au goût du jour les anciennes mélopées.

Ce plaidoyer pour notre mémoire collective retrace aussi quelques échanges essentiels entre les Premiers Peuples et les premiers Canadiens, qui sont ici dépeints et racontés avec les nuances et les questionnements qui s'imposent aujourd'hui. Conscients du métissage intrinsèque à la survie de ces peuples, de la grande Alliance de Champlain avec les Algonquins, les Montagnais et les Etchemins de 1603 ou de la Grande paix de Montréal de 1701, les auteurs s'assurent de rappeler les incompréhensions mutuelles de ces peuples, mais aussi tous ces efforts consentis pour vivre ensemble qui pourraient nous inspirer encore aujourd'hui.

L'oralité apparaît alors comme un geste de résistance, une manière de défier la mort et l'éphémère de nos existences. C'est, au bout du voyage, l'idée du bien commun et la force du patrimoine vivant qui permet d'affronter la vie avec, dans nos gibecières, les savoirs de nos ancêtres. Souvent considérée comme l'éducation des plus pauvres, la tradition orale peut, sinon transcender l'écriture, du moins couler dans un canal parallèle qui prend la forme de la connaissance de soi portée par le territoire et ses habitants.

Le livre fait aussi, et il faut le saluer, de nouveaux liens entre la chanson traditionnelle et la poésie, entre la création et la passation. Le grand florilège de la chanson traditionnelle a d'abord pris la mer avec plusieurs Européens. Mais une fois de ce côté de l'océan, des auteurs allaient bien vite apparaître, des inventeurs de mélodies, de rimes, légères ou pamphlétaires, parfois inspirées de la tradition, parfois simplement inspirées par leur Nouveau Monde.

La chanson sur les *timbres* s'est alors propagée comme lettre à la poste, une lettre sans papier ni encre, une lettre en bois d'arbres pour des chansons de bûcherons et où les mots anciens se sont gardés au chaud pour parvenir jusqu'à nous. Le grand voyage de ces humbles histoires illustre à la fois leurs forces et leur nécessité.

La chanson populaire et la poésie sont sœurs et cet ouvrage tend à revoir quelques distinctions qui apparaissent de plus en plus tomber dans la facilité, comme celles entre le populaire et le savant, entre le grand et le petit. Si l'oralité est gardienne de savoir, elle est aussi aujourd'hui bien vivante grâce à l'écrit, l'un et l'autre rendus plus forts et nourris par leur rencontre d'égal à égal.

Cette chanson – que nous pourrions qualifier de nationale – est issue de tous ces récits et de toutes ces rencontres. Notre podorythmie, comme certains phonèmes de nos turlutes, sont peut-être aussi nés, en partie, de ces incroyables rencontres. Ces métissages anciens ont probablement été plus fréquents avant l'arrivée des Britanniques dont les descendants ont cautionné le rapport Durham et voté la loi sur les Indiens. Une page d'histoire qui nous a laissés, les uns comme les autres, dans nos propres solitudes.

Les porteuses et les porteurs de tradition seraient, en Afrique, des griots, et en Europe du Nord des bardes. Ces passeurs préservent un fil conducteur, tout en l'enrichissant de nouvelles pratiques. C'est ainsi qu'aujourd'hui les artistes de scène peuvent aussi être considérés comme des maillons de cette grande chaîne et font désormais en sorte que l'idée de la conservation d'une mémoire puisse rencontrer la notion de créativité.

Le glissement d'une tradition vers un style musical à proprement parler est aussi un exemple flagrant de mouvement inhérent à cette musique vivante, qui met la table à ceux et celles qui viendront après eux. Par exemple, le tapement de pieds, peu importe la musique qu'il accompagne, sera automatiquement compris par le public

PRÉFACE

comme du trad, même s'il est possible qu'il soit entendu durant une composition contemporaine. Le style musical prend alors le dessus. L'instrumentation ou l'utilisation de certains codes peuvent ainsi parler au nom du trad comme d'une esthétique et non d'un répertoire ancien.

On découvrira aussi dans ce livre à quel point on peut aujourd'hui encore observer et apprécier ces héritages qui, par le miracle de la mémoire collective, sont restés vivants et présents dans nos maisons, nos jardins ou sur les scènes d'ici et d'ailleurs. Ces témoins de la poésie et de la créativité des générations précédentes, ces traces de notre goût du partage, de la fête ou de la danse, sont aussi des marqueurs d'ouverture d'une société en transsudation constante.

En somme, ce livre vous en apprendra beaucoup sur la chanson, mais aussi sur le Québec d'hier et d'aujourd'hui, sur les mondes francophones du Canada et de l'Amérique tout entière. Il ajoute par là non seulement à notre connaissance de cet objet encore trop peu connu et étudié, mais rappelle ce que peut apporter à l'histoire, à la connaissance du passé humain, une attention sérieuse et amoureuse portée à de tels objets qui sont souvent, et à tort, considérés comme mineurs et peu riches d'enseignements.

C'est donc une belle et précieuse leçon d'histoire qu'on nous offre ici, d'une histoire dont le cours est semblable à celui des rivières qu'on désignerait par leurs prénoms, ces prénoms qu'on risquait autrement d'oublier.

Nicolas Boulerice
Normand Baillargeon
Saint-Antoine-sur-Richelieu

INTRODUCTION

NUMÉRISEZ CE CODE QR POUR ACCÉDER
À UNE LISTE D'ÉCOUTE DE CHANSONS
PROPOSÉE PAR LES AUTEURS.

INTRODUCTION

C'est dans le mois de mai, en montant la rivière
C'est dans le mois de mai, que les filles sont belles
Que les filles sont belles oh gué, que les filles sont belles.
[...]
Et que tous les amants, y changent leur maîtresse
Mais moi je ne changerai pas, car la mienne est trop belle
Elle a de jolis yeux doux, une bouche vermeille
Ah comme il serait doux, d'avoir un baiser d'elle
Mais encore bien plus doux, de dormir avec elle
Dans un grand lit blanc, couvert de dentelle

    Ce chant des coureurs d'Amérique a longtemps résonné sur les cours d'eau du continent, du Saint-Laurent au Missouri et jusqu'au Columbia, en passant par les Grands Lacs et le Mississippi. Au mois de mai, les cris d'adieu retentissaient sur les eaux agitées des rapides de Lachine : les coureurs des bois partaient pour la traite. À bord de leur canot d'écorce, ils saluaient les proches sur la rive en entonnant leurs chansons de voyageurs. À Sainte-Anne-du-Bout-de-l'Île, ils s'arrêtaient prier à la chapelle, un dernier réconfort avant les misères du voyage, essayant de ne pas trop penser à l'ennui qu'ils allaient ressentir lorsque le doux souvenir des belles laissées derrière ferait trembler le paysage.

    Aujourd'hui, plus personne n'est assez fou pour remonter une rivière en canot. Les rameurs de fin de semaine le savent, le plus simple est de se faire conduire en amont et de suivre le courant en descendant. Lors d'un périple de quelques jours en canot-camping dans les environs de la rivière Métabetchouane, Sébastien et son père, Paul, se sont retrouvés sur un grand lac à traverser. Le vent était de face, il pleuvait et la suite s'annonçait pénible. Le genre de moment où tu te demandes ce que tu fais là, assis dans un canot. Paul s'est mis à chanter «C'est dans le mois de mai...», un peu parce que le temps s'y prêtait, un peu pour accompagner le rythme et l'effort, un peu pour se donner du courage. Comme l'auraient fait les voyageurs canadiens il y deux ou trois siècles, ces explorateurs, coureurs des bois, hommes libres, hommes du nord, hommes des montagnes, bûcherons, draveurs qui ont marqué l'imaginaire de la traite des fourrures et de l'exploitation forestière.

L'idée d'écrire un livre sur la chanson canadienne[1] est née dans une chambre de hockey. Autrement dit, en plein cœur de la culture québécoise! En revêtant notre équipement, nous jasions d'histoire, de littérature, de la chanson comme mémoire. Nos patins bien attachés, nous rêvions aux périples des voyageurs canadiens, à leur coutume de chanter en ramant. Nous nous enflammions en reconnaissant dans certains vers de « En montant la rivière » le « Mon Joe » de Paul Piché, classique des feux de camp et du Jour de l'an de tant de Québécois ; nous enchaînions avec la version chantée par Gilles Vigneault sur l'album *Allons partons* (2008), du groupe Les Chauffeurs à pieds. Les chansons traditionnelles nous ramenaient en canot d'écorce sur les rivières des Amériques, à la poursuite de nos ancêtres coureurs des bois. Exactement le genre de discussions que l'on peut entendre sur les tribunes téléphoniques de *Bonsoir les sportifs*! Les échanges se poursuivaient parfois jusque sur le banc des joueurs, entre deux présences sur la glace. Ces soirs-là, nous n'avons pas joué nos meilleurs matchs!

Tous les deux, nous partageons la passion de la musique trad ; elle nous amène à porter un regard différent sur le territoire, comme si c'était une manière de dresser le portrait du Québec et de cet héritage si précieux qui nous est transmis, l'histoire du pays par la chanson. Sébastien a grandi dans une famille de chanteurs. Accompagnés d'un violon, d'une guitare, d'un accordéon, ils entonnaient les histoires de Ti-Jean, de la famille Latour, des vilains barbus, des trois capitaines, des voyageurs de la Gatineau. Chanter en famille était aussi naturel que de patiner sur le lac Magog en janvier. Il faut dire qu'une nuit passée dans le tiroir d'une commode – il était nouveau-né et ses parents, pris

---

[1]. Le terme canadien ou canayen réfère à la culture francophone qui s'est développée en Amérique lors de la colonisation française du continent. Elle se prolonge par la suite dans les cultures franco-américaine, canadienne-française et québécoise.

dans une veillée de chansons en pleine tempête de neige, n'avaient eu d'autre choix que ce berceau improvisé pour y faire dormir leur fils – ça laisse des traces, une façon singulière d'être élevé dans une culture et un territoire donnés. Dans son cas : la famille Langlois, les champs et boisés de Sainte-Catherine-de-Hatley.

Jean-François, de son côté, est arrivé à la chanson traditionnelle par l'amitié. Il a grandi en milieu urbain, dans un rapport à la culture qui substituait la consommation à la transmission. Heureusement, les turluttes[2] de Paul Piché et de Gilles Vigneault se sont frayées un chemin dans son adolescence. Elles ont préparé le jour où son grand ami Olivier Brousseau, chanteur dans les groupes Musique à bouches et Marchands de Mémoire, lui a fait écouter l'album de Michel Faubert, *Carême et Mardi gras* (1995) : « Démon qui s'en va / là-bas dans ses prés. » Des nuits blanches en bonne compagnie, à rire et à chanter, ça aussi, ça laisse des traces, une façon singulière de concevoir la culture, de la partager, de la transmettre. Et de revenir à la famille et aux aïeux. Comme un rendez-vous reporté.

La tradition orale est perçue, à tort, comme un objet fini, figé dans le passé, permanent. Elle se trouverait attachée à une culture d'origine, pure, lisse, imperméable aux rumeurs du monde. La chanson traditionnelle québécoise se retrouve souvent dans le coin droit de la maisonnée, associée au conservatisme, à une fermeture d'esprit, au repli sur soi. Méconnue, peu chantée au quotidien, trop peu partagée, elle est victime de préjugés : on la trouve ringarde, quétaine, passéiste. Les Québécois sont incapables de la considérer comme une partie des musiques du monde, alors qu'elle fait pourtant le tour de la planète, portée en Europe, en Afrique, en Asie par des groupes de musique dont le talent est trop souvent ignoré au Québec.

---

2. « La turlutte est un ornement vocal mélodique [...] composé de fredons, [...] c'est-à-dire un court chant portant une mélodie à l'aide de syllabes simples ou d'onomatopées plus complexes (*fredonner*). » Source : Nicolas Boulerice, « Invitation à la musique traditionnelle québécoise », Conseil québécois de la musique, 2019.

Il y a malentendu : la chanson traditionnelle n'invite pas à un repli sur un folklore immuable. Elle se veut au contraire une voie de passage entre différentes cultures, langues et rapports au monde ; elle est le témoin de notre humanité commune et partagée. On oublie trop souvent de la percevoir pour ce qu'elle est : un réservoir de connaissances, de visions du monde, de poésie qui permet de mieux affronter l'avenir.

Commençons par une évidence : nous avons d'abord été des Français perdus en Amérique. Dépendants des premiers occupants du territoire, nos ancêtres ont dû apprendre à vivre en ce continent. Les nombreux mots issus des langues algonquiennes, iroquoïennes et dans un passé plus récent de l'inuktitut, toujours bien présents dans la francophonie américaine, témoignent de l'ampleur des transferts culturels qui ont eu lieu entre Français, Canadiens et Premiers Peuples. Les moyens de transport (kayak, rabaska), la faune (ouaouaron, pékan, achigan), la flore (atoca), les exemples sont nombreux : la langue française s'est enrichie de plusieurs termes lors de son enracinement en ce continent que plusieurs Premières Nations nomment « l'Île de la Grande Tortue ». Ces phénomènes linguistiques soulignent la dépendance des Français, puis des Canadiens, à l'égard des Premiers Peuples dans leur désir de s'enraciner en terres américaines. Qui se rappelle que les négociations de la traite des fourrures se déroulaient souvent en wendat, la langue du commerce de l'époque ?

Encore aujourd'hui, sur les cartes géographiques des Amériques, plusieurs toponymes rendent hommage, souvent à l'insu des gens qui habitent ces communautés, aux premiers occupants du territoire et à leurs cultures millénaires. La chanson « Mishapan Nitassinan » de Chloé Ste-Marie, parue sur l'album *Je marche à toi* (2002), s'inspire d'une expression en innu-aimun dont la traduction est « Que notre terre était grande ». Le texte, écrit par Joséphine Bacon et Bruno Roy, énumère plusieurs dizaines de toponymes en langues autochtones, toujours utilisés de nos jours : « Coaticook Mazatian Manitou Mégantic / Manouane Ivujivic Mascouche Maniwaki / Saskatchewan Shipsaw Matawin Windigo / Kamouraska Témiscamingue Copan Chibougamau ». Ils incarnent la grandeur du territoire habité par les Premières Nations et les Inuit et le martèlement de tous ces noms de lieux insiste sur l'effacement de leur histoire dans l'imaginaire collectif euroaméricain.

Sans leurs alliés des Premières Nations, les Français n'auraient jamais pu s'aventurer, chansons aux lèvres, au cœur des terres américaines. Ils ont remonté les rivières, de bassin versant en bassin versant, et le voyage les a fait devenir Canayens (Canadiens). Chemin faisant, ils ont noué des alliances économiques avec certaines nations qui vivaient sur le territoire depuis des milliers d'années ; ils ont fait la guerre à d'autres, les ont exploitées, en ont eu peur ; ils ont parfois marié les filles du pays, fondé des communautés Métis[3], souvent participé à cultiver les mentalités racistes de l'époque.

Après la Conquête de 1759 et pendant les 200 ans qui ont suivi, l'identité canadienne a été marquée par l'idéologie de la survivance, par le repli sur soi ainsi que sur les traditions, la langue et la religion : les descendants des « anciens Canadiens » ont alors commencé à se définir à l'encontre des Canadiens anglais qui allaient devenir les « vrais Canadiens » à partir de 1867. Le sentiment de révolte exprimé par les Canadiens français lors de la pendaison de Louis Riel (1885), le chef spirituel des Métis de la Rivière rouge ayant mené les rébellions de 1870 et 1885 contre le gouvernement fédéral avec son compagnon d'armes Gabriel Dumont, peut être perçu comme l'un des derniers ressorts de la conscience historique canayenne étendue à l'ensemble du continent.

Lorsque le vocable « Québécois » est apparu au détour des années 1960, les francophones du Québec n'entretenaient plus aucun lien avec leurs anciens alliés autochtones et ils étaient plus que prêts

---

3. Nous réservons le terme Métis à la nation qui a pris racine dans la région de la Rivière Rouge (Manitoba actuel). En ce sens, nous n'accorderons pas l'adjectif « métis ».

à consommer la rupture totale avec leurs frères francophones d'Amérique (Acadiens, Cajuns, Cayens, Canucks, Franco-Ontariens, Métis de la rivière Rouge et ainsi de suite). Le désir de se détacher de l'histoire d'un peuple inférieur, colonisé, appelé à disparaître dans les vapeurs de la soupe aux pois trahissait l'ambition d'être « maîtres chez eux ». Et les Québécois le sont devenus! Mais à quel prix? Au prix de perpétuer les politiques coloniales et racistes auprès des Premières Nations et des Inuit? Au prix de renier toute destinée commune avec les cultures franco-américaines? Au prix d'être incapables de mettre en forme un récit national complexe, riche des diverses trames narratives historiques et culturelles qui le composent?

L'imaginaire canayen plonge ses racines dans la culture et la langue qui se sont développées en Nouvelle-France et dans la Franco-Amérique de l'après-Conquête. Mis au rencart à partir du milieu du 20ᵉ siècle, il refait surface dans l'univers culturel québécois depuis quelques années. On le répète assez souvent, la Révolution tranquille a eu le mérite de propulser les Québécois dans la modernité sur les plans culturel et économique, mais elle les a aussi coupés de leurs racines les plus profondes, notamment celles liées à la chanson traditionnelle. Or, l'essayiste Simon Nadeau nous invite à considérer le « pari qui vise à maintenir la tension entre l'affirmation de l'individu propre à la "modernité" et l'appropriation par *ce dernier* de ce qu'il y a de plus substantiel dans la tradition culturelle et spirituelle d'une culture, d'un peuple ou d'une civilisation[4] ». Le retour de l'imaginaire canayen dans la vie intellectuelle et artistique québécoise pourrait être un signe de cette *autre modernité* dont parle Nadeau. Dans tous les cas, la chanson trad est assurément un moyen de rester en contact avec la tradition culturelle

---

4. Simon Nadeau, *L'autre modernité*, Montréal, Éditions du Boréal, 2013, p. 233.

et spirituelle canadienne, tout en l'actualisant par des arrangements musicaux inédits, teintés de musiques du monde, de jazz, de country. La chanson traditionnelle, dans ses formes multiples et ouvertes à toutes sortes d'influences culturelles et artistiques, nous amène à remettre en cause notre compréhension de ces grands moments de rupture telle la Révolution tranquille. Se pourrait-il que sous les discours historiques se fasse entendre une rumeur souterraine qui parcourrait l'histoire de la Franco-Amérique, comme les murmures d'une langue encore parlée aux quatre coins du continent, le vacarme discret de la vie quotidienne, celle du peuple vaquant à ses petites affaires, une chanson sur les lèvres ? Et si l'intérêt actuel pour l'imaginaire canayen traduisait le besoin viscéral et instinctif de donner suite à une histoire méconnue, en partie oubliée, mais toujours bien vivante, celle de la francophonie américaine qui s'ouvre sur l'ensemble des trois Amériques[5].

Il y a une vérité que les Québécois peinent à prendre en compte : ils ne sont pas les seuls dépositaires de l'expérience francophone en Amérique. La vision québécocentriste néglige des parts importantes de la culture franco-américaine et de son rôle dans l'histoire des Amériques, de sa présence toujours vivante. Elle laisse en plan les fondements mêmes de la société québécoise, comme si la volonté de puissance de cette dernière l'aveuglait par rapport à son propre développement, incapable qu'elle est de se penser à l'échelle continentale et mondiale, dans une dynamique de solidarité avec les Premiers Peuples, les communautés franco-américaines et les diverses cultures (irlandaise, italienne, grecque, haïtienne, latino, maghrébine, arabe, chinoise et on en passe) qui la traversent.

Les travaux des géographes Dean Louder, Eric Wadell et Jean Morisset considèrent la trajectoire historique des francophones d'Amérique dans un élan de continuité. Des ouvrages tels que *Visions et visages*

---

5. À ce sujet, voir les différents projets menés par le Centre de la francophonie des Amériques : https://francophoniedesameriques.com.

de la Franco-Amérique (2001) et *Franco-Amérique* (2017)[6] nous mettent en contact avec un univers que les lecteurs québécois peinent à saisir, tant ils restent aveuglés par les lumières de la Révolution tranquille et tout ce qu'elles ont fini par rejeter dans l'ombre. Ils présentent un tour d'horizon complet de la francophonie nord-américaine et aucun coin géographique n'est négligé : Saint-Pierre-et-Miquelon, Acadie, Ontario, les Métis des Plaines, Nouvelle-Angleterre, Michigan, Illinois, Midwest, Oregon, Floride, Louisiane, Californie, jusqu'au nord-est du Mexique. On y découvre des cultures francophones qui se disent et se chantent encore, des communautés qui se souviennent et résistent à l'assimilation linguistique.

La préface de *Franco-Amérique* est signée par le cinéaste André Gladu. Il a réalisé dans les années 1970 la série documentaire *Le son des Français d'Amérique*, en compagnie du directeur de la photographie Michel Brault, qui a aussi collaboré au documentaire de Pierre Perrault, *Pour la suite du monde* (1963). Toute la cinématographie de Gladu nous renvoie à une «vision originale de nous-mêmes issue de notre trajectoire dans le temps, dans l'espace et avec des mots, les nôtres[7]». Ces mots, portés par la chanson traditionnelle, on les entend encore, malgré le tintamarre de l'histoire officielle *canadian* ou *american*, de la démographie et des statistiques qui annoncent la disparition de la francophonie américaine.

L'histoire de celle-ci est traversée par l'expérience de la migration, du métissage culturel, des emprunts linguistiques les plus divers et elle s'incarne plus que tout dans la figure du voyageur. Le documentaire narré par le chanteur franco-ontarien Damien Robitaille, *Un rêve américain* (2013), raconte la fascination qu'exerce l'héritage des voyageurs canayens. Dans un périple de la Nouvelle-Angleterre à la Californie

---

6. Ce livre est dirigé par Louder et Wadell, mais Morisset y signe un chapitre («La grande tribu des gens libres» [2017, p. 335-348]).
7. Dean Louder et Eric Wadell (dir.), *Franco-Amérique*, Québec, Septentrion, 2017, p. 9.

INTRODUCTION

en passant par le Haut-Missouri, le chanteur franco-ontarien présente des descendants de francophones attachés à la culture et à la langue de leurs ancêtres. On se retrouve à Vieille-Mine, dans les monts Ozark (Monts-aux-Arcs avant que l'accent anglo-saxon ne vienne se surimposer sur la présence francophone, qui elle-même avait recouvert les toponymes des premiers occupants du territoire), au Missouri, en plein cœur des États-Unis d'Amérique, devant un jeune violoneux qui chante dans la langue de ses aïeux « D'où viens-tu bergère ? ». Difficile de ne pas taper des mains, de ne pas chanter avec lui, tant la filiation est évidente entre son swing et celui des musiciens canadiens-français autodidactes, élevés aux veillées, ou aux « bouillons » comme on le dit encore dans certains coins perdus du Missouri.

Le documentaire nous fait également rencontrer Kent Bone, le même qui signe un chapitre dans *Franco-Amérique* et dont la photographie orne la page couverture du livre. Folkloriste et généalogiste, Bone est un gardien de la mémoire francophone du Haut-Missouri. Dans une scène du film, on le voit marcher dans le vieux cimetière de sa communauté. Il s'arrête devant les tombes de ses ancêtres et raconte dans son français cassé que Bone est une déformation du patronyme Beaulne, Thebeau de Thibault, Courtaway de Courtois, Degonia de Desgagné, etc. Dans sa voix résonne toute l'histoire d'une nation toujours en marche, fière de ces noms de famille aux accents oubliés qui chantent une autre histoire du continent.

Dans *L'Amérique fantôme : les aventuriers francophones du Nouveau Monde* (2019), l'historien Gilles Havard relate la destinée de 10 coureurs des bois, figures centrales de la culture canayenne. Le livre, complet et fouillé, constitue le complément savant du projet des regrettés Serge Bouchard et Marie-Christine Lévesque : *Ils ont couru l'Amérique Tome 2 : De remarquables oubliés*. Ces deux ouvrages présentent des hommes qui ont parcouru l'Amérique pour commercer avec les Premiers Peuples et, bien souvent, pour vivre avec eux. Les premiers Européens à côtoyer les nations autochtones pour apprendre leur langue, leurs coutumes, et servir ensuite d'interprètes auprès des élites coloniales ont été appelés «truchements». Ce terme provient de l'arabe *tardjumân* ou du turc *tercüman* et signifie interprète[8]. Ce mot performatif, il est lui-même le truchement entre différentes langues, renvoie à la réalité des premiers voyageurs qui ont mis en contact les traditions et langues française et autochtones. Il incarne les réels fondements de la culture canadienne, marquée dès le départ par les influences culturelles et linguistiques des premiers occupants du territoire.

Le tome des «remarquables oubliés» consacré aux femmes, *Elles ont fait l'Amérique* (2011), va à l'encontre de certains stéréotypes, alors que l'on pourrait penser que l'univers des coureurs des bois canadiens était exclusivement masculin. L'ouvrage fait découvrir les destins de quelques femmes ayant partagé le quotidien des voyageurs, notamment Émilie Fortin et Marie-Anne Gaboury. Cette dernière est l'aïeule de Louis Riel et est souvent considérée comme la grand-mère des Métis. On le sait, le travail de Bouchard et Lévesque a eu un impact profond sur l'imaginaire collectif québécois. La pièce de théâtre *Courir l'Amérique*, montée en 2020 au Quat'Sous, est ainsi inspirée de la série «Les remarquables oubliés». Un troisième tome est d'ailleurs paru au cours de l'automne 2022, *Ils étaient l'Amérique*, consacré cette fois aux figures des Premières Nations trop souvent ignorées par l'histoire officielle.

Dans la même veine, le projet musical «Légendes d'un peuple» du poète et chanteur Alexandre Belliard doit beaucoup à Serge Bouchard et à Marie-Christine Lévesque. Une chanson est d'ailleurs dédiée à l'anthropologue. À travers l'ensemble de son œuvre, Belliard présente plusieurs voyageurs canadiens, notamment Étienne Brûlé, Pierre-Esprit Radisson, François-Xavier Aubry, etc. À l'instar de Bouchard et Lévesque, le chanteur n'oublie pas les femmes voyageuses; une chanson rend hommage à Marie-Anne Gaboury, mais aussi à Sacagawea, une femme d'origine shoshone qui a eu un fils du coureur des bois Toussaint

---

8. Gilles Havard, *L'Amérique fantôme: les aventuriers francophones du Nouveau Monde*, Montréal, Flammarion, 2019, p. 24.

Charbonneau. Les deux ont été du périple de Lewis et Clark, même si l'historiographie états-unienne s'est toujours montrée discrète sur le rôle primordial joué par les Premières Nations et les Canayens dans l'exploration de l'ouest du continent.

Ces liens entre culture canayenne et voyageurs caractérisent également certaines œuvres littéraires, par exemple *Volkswagen Blues* (1984) de Jacques Poulin. Au-delà du personnage de Pitsémine qui a moins bien vieilli, l'épopée francophone en Amérique est au cœur de ce récit de la route, d'Étienne Brûlé à Jack Kerouac, célèbre romancier états-unien d'origine canadienne-française. Ce dernier est partout dans les écrits sur la Franco-Amérique, tant son œuvre incarne la figure du voyageur. La vie de Kerouac semble recouper celle de tous les francophones éparpillés aux quatre coins du continent. Le fait qu'il apparaisse sous la forme d'un fantôme à la fin du roman de Poulin en dit long sur la destinée de la franco-américaine. Ce phénomène explique peut-être pourquoi le livre *La vie est d'hommage* (2016) a eu une réception aussi forte au Québec. Cette publication regroupe des textes de Kerouac, écrits en français, présentés par le chercheur Jean-Christophe Cloutier. Plusieurs lecteurs québécois y ont vu les traces d'une francophonie américaine trop souvent méconnue ou oubliée au Québec.

Plus récemment, le récit de voyage *Rivièrances* (2019) de Brad Cormier relate les pérégrinations de l'auteur parti sur les traces des explorateurs canadiens, en suivant notamment les rivières du bassin versant du Mississippi. Enfin, le roman de Louis Hamelin, *Les crépuscules de la Yellowstone* (2020), met en scène le voyageur Étienne Provost, guide du célèbre scientifique John James Audubon lors de sa remontée du Missouri dans les années 1840.

Dans le domaine de la chanson et de la musique traditionnelles, plusieurs projets créatifs plus récents explorent l'imaginaire canadien, le plus souvent à travers la figure du voyageur. De vieilles chansons de coureurs des bois sont réactualisées, par exemple dans les albums *L'écho des bois* (1997) de Michel Faubert, *Nagez rameurs* (2011) de Genticorum et le projet *Hommes des bois* (2012) de Simon Rodrigue. De nouveaux textes explorent aussi l'histoire de la culture canayenne et sont mis en musique par des groupes traditionnels. Pensons ici aux chansons à caractère historique écrites par Nicolas Boulerice, membre du Vent du Nord, par exemple « Amériquois » : « Amériquois gens du voyage, Québékana en métissage / De nos amours, de nos courages, marquer nos chants du paysage[9]. » Diverses propositions musicales intègrent également des influences franco-américaines. Plusieurs artistes participent à des festivals de musique folk aux États-Unis qui mettent de l'avant la culture francophone, notamment le Lowell Folk Festival, le New Bedford Folk Festival, le Old Songs Festival à Altamont dans l'État de New York. Enfin, certains groupes revisitent les relations avec les Premiers Peuples, par exemple la chanson « Nutshimit », née de la collaboration entre le groupe Bon Débarras et la poète Joséphine Bacon.

À la lumière de ces projets et publications, on peut se demander quelle part de la culture canayenne des voyageurs relève du fantasme, d'une mise en récit idéaliste et complaisante de son évolution. Que doit-elle à la tradition française, à la géographie américaine, au choc issu de la rencontre avec les Premiers Peuples, aux politiques colonialistes et racistes qui s'en sont suivies ? Portée par le double mouvement du coureur des bois qui remonte les rivières jusqu'au cœur du continent américain et celui du truchement qui veut en partager la mémoire, la figure du voyageur canayen peut-elle nous mettre en contact avec les zones de tension culturelles, territoriales et politiques qui marquent l'aventure française en Amérique ? Pourrait-elle nous permettre de comprendre plus profondément l'évolution de la nation franco-américaine, de la société canadienne, canadienne-française et enfin québécoise ? Au fil des siècles, comment les truchements sont-ils devenus coureurs des bois, puis bûcherons et gars de chantiers avant d'être remplacés par la machinerie ? De quelle façon ont-ils intégré ou repoussé les cultures

---

9. Nicolas Boulerice, *Les ouvrages du temps en quatre saisons*, Montréal, Éditions Tryptique, 2021 p. 53-54.

des premiers occupants du territoire dans leur compréhension des réalités américaines ? Quels sont les véritables liens qui unissent l'ensemble des Franco-Américains ?

À la lumière de ces questions, nous souhaitons entamer un dialogue créatif, ouvert et subjectif avec la tradition orale canadienne. Cette parole a été tue lorsque l'histoire officielle a été écrite, mais elle a continué à se dire et à se chanter :

> En raccourci, l'écrit, souvent dans les mains du dominateur ou des élites et du clergé catholique complaisants, ne disait pas la vérité sur la condition des populations francophones. La vérité, si on peut dire, venait de leurs traditions orales. Avant de pouvoir s'organiser politiquement, leurs paroles, chansons, contes, musiques, parlaient de façon plus éloquente qu'eux. Leurs veillées, fricots, bals de maison et danses en contrebande préservaient mieux le sentiment de liberté que les hymnes nationaux, les élections et les promesses de politiciens[10].

Nous avons l'intuition que la tradition orale canayenne, vieille de plusieurs centaines d'années et toujours bien vivante aujourd'hui, et plus particulièrement la chanson traditionnelle, est à même de nous mettre en contact avec les peines et les joies de ces hommes et femmes qui nous ont faits, en chantant le cours des jours, le passage des saisons.

Bien que nous nous concentrerons surtout sur le répertoire de la chanson traditionnelle, nous nous servirons à l'occasion de contes et de légendes afin d'approfondir notre compréhension des rapports entre oralité et culture populaire. La tradition orale est un mystère qui nous ramène très loin dans l'histoire de l'humanité, celle que toutes les nations ont en partage grâce aux légendes, contes, épopées, mythes,

---

10. Dean Louder et Eric Wadell (dir.), *op. cit.*, p. 10.

chansons qui évoluent au gré des métissages entre les peuples, de la mise en commun des expériences et imaginaires par le biais des voyages, des déplacements, des migrations volontaires ou forcées.

Un « pays de parole[11] », libre et en mouvement, existe en parallèle de l'histoire institutionnalisée. Avalés par la forêt, à l'instar de François Paradis, l'amoureux égaré de Maria Chapdelaine qui a inspiré à Zachary Richard une superbe chanson sur l'album *Lumière dans le noir* (2007), « La ballade de François Paradis », les voyageurs canadiens et leur destinée s'évanouissent dans nos souvenirs. Et ne parlons même pas des femmes, elles dont l'histoire officielle n'a à peu près rien retenu.

Mais quelque chose de ces gens subsiste en nous, comme le noyau dur de la culture franco-américaine que préservent de l'oubli les chansons traditionnelles. Après tout, comme l'a si bien dit Serge Bouchard, « [l]a musique est le miroir de tout ce qui nous arrive et le répertoire de chaque époque nous en dit beaucoup sur la vie, les rêves, les drames de tous ceux qui nous ont précédés[12] ».

---

11. *Ibid.*, p. 1-10.
12. https://ici.radio-canada.ca/premiere/emissions/recit/segments/reportage/188515/serge-bouchard-musique-traditionnelle-autochtone.

L'IMAGINAIRE CANADIEN ET LA TRADITION ORALE

Le Canadien ou Canayen est un enfant d'Amérique. Sa culture de base est d'abord celle du vieux pays, c'est-à-dire qu'il est francophone et catholique, mais son quotidien est marqué par la géographie américaine ainsi que par diverses formes de métissage culturel et d'échanges économiques avec les Premiers Peuples. Dans son essai *Sur la piste du Canada errant* (2018), Jean Morisset décrit le terme «canadien comme un mot autochtone phonétique francisé dont se sert la France pour désigner celui qui ne peut plus à ses yeux porter le nom de *Français*[13]». Dès le départ, la culture canayenne marque une rupture avec la métropole : les Français voient chez les Canadiens une nation nouvelle en train de se créer de ce côté-ci de l'Atlantique et les Canayens eux-mêmes se réclament d'une certaine autonomie à l'égard de la mère patrie.

Cette indépendance d'esprit a inquiété les autorités politiques et religieuses tout au long du régime français. Elles – qui valorisaient les retombées économiques de la traite de fourrure, l'évangélisation des populations autochtones ou encore l'implantation de la culture paysanne française dans la vallée du Saint-Laurent – ont toujours vu d'un mauvais œil le mode de vie des coureurs des bois canadiens : on disait d'eux qu'ils s'étaient «ensauvagés» auprès des Premières Nations avec lesquelles ils commerçaient. Les élites de l'époque semblaient avoir oublié que le mot «sauvage» vient du latin *sylva*, soit forêt[14], entité vivante et nourricière. Ou peut-être ne l'avaient-elles pas oublié, bien au contraire ? Après tout, la forêt et ses habitants, c'est exactement ce que la colonisation européenne s'est employé à faire disparaître, à la grandeur de l'Amérique du Nord. L'historien François-Xavier Garneau se réjouissait que les Iroquois «se sont effacés comme les forêts qui

---

13. Jean Morisset, *Sur la piste du Canada errant. Déambulations géographiques à travers l'Amérique inédite*. Montréal, Éditions du Boréal, 2018, p. 38.
14. Voir Alain Boucher, «Le retour de *pipun* et de *nipin*», *Littoral*, n° 15, 2020, p. 153.

leur servaient de refuge[15] ». De façon paradoxale, les voyageurs, partis vivre dans les bois en embrassant plusieurs éléments des modes de vie autochtones, ont ouvert la voie à la colonisation; par leurs voyages, ils ont initié des échanges économiques qui ont abouti à la spoliation des territoires et des cultures des Premiers Peuples[16].

Les explorateurs français, partis à la « découverte » de l'Amérique et de ses peuples, ont jeté les bases du commerce de la traite de fourrure pour financer leur voyage ou tout simplement pour s'enrichir. Ceux que l'on a appelés les voyageurs ont suivi leurs traces. La mémoire collective a conservé le terme « coureurs des bois » afin de désigner les hommes qui se rendaient dans les « territoires indiens » pour faire la traite des fourrures. Cette appellation était utilisée de façon péjorative par les lettrés, puisqu'elle désignait les voyageurs qui travaillaient de façon indépendante, souvent illégale, en marge des réseaux officiels[17].

Les hommes participant à la traite des fourrures ont eux-mêmes rapidement utilisé le terme « voyageur » pour se définir au détriment de l'expression « coureurs des bois ». Il a aussi été employé par les grandes compagnies de traite (Compagnie du Nord-Ouest et Compagnie de la Baie d'Hudson) après la Conquête britannique. Pendant cette période, une autre expression est apparue, celle d'hommes libres. Cette dernière renvoyait aux voyageurs qui terminaient ou rompaient leur engagement envers les compagnies de traite pour vivre en permanence dans des communautés autochtones, selon les manières de vivre des premiers occupants du territoire. Entre eux, les hommes se distinguaient par les termes « mangeurs de lard » et « hommes du nord ». Les premiers

---

15. Voir la chronique que le journaliste Yves Boisvert a consacré au livre de l'historienne Catherine Larochelle, *L'école du racisme* (2021): https://plus.lapresse.ca/screens/84e4de9a-f8a7-4526-9185-ca5f264ad368__7C___0.html.

16. Voir Alain Deneault, *Bande de colons: une mauvaise conscience de classe*, Montréal, Lux Éditeur, 2020.

17. Gilles Havard, *L'Amérique fantôme. Les aventuriers francophones du Nouveau Monde*, Paris, Flammarion, 2019, p. 202.

étaient associés au porc, au mode de vie des habitants, alors que les seconds vivaient du piégeage, de la chasse, de la pêche, en échanges constants avec les Premières Nations. Contrairement aux élites, ces hommes percevaient le fait de s'ensauvager comme une action noble qui les mettait en contact réel avec les modes de vie américains.

Ces voyages dans l'arrière-pays, que ce soit le temps d'une saison ou pour s'y installer, ont transformé en profondeur la culture canayenne. Cette dernière reposait sur les trois fondations suivantes : les racines paysannes françaises transplantées dans la vallée du Saint-Laurent, le mode de vie des coureurs des bois ainsi que les emprunts culturels et matériels à l'univers autochtone[18]. L'historien Yves Frenette écrit à ce propos :

> En 1685, l'intendant Jacques de Meulles dénombre plus de 600 jeunes gens qui travaillent dans les bois, c'est-à-dire presque tous les jeunes Canadiens nés au pays. Quinze ans plus tard, on estime que, dans la vallée du Saint-Laurent, un habitant sur deux a déjà fait au moins un voyage dans la région des Grands Lacs. En 1760, au moment de la conquête anglaise, 4 000 des 65 000 habitants du Canada sont officiellement employés à la traite, personne ne sachant combien y prennent part de façon non officielle[19].

Ces expériences ont mené à des échanges culturels importants entre Canadiens et les premiers occupants de l'île de la Grande Tortue. Après tout, on célébrait la Guignolée dans le Haut-Missouri du 19ᵉ siècle, en plein territoire de la nation Kansas[20]. Or, cette possible créolité,

---

18. Voir Carolyn Podruchny, *Les voyageurs et leur monde*, Québec, Presses de l'Université Laval, 2009, p. 11-13.
19. Yves Frenette, *Brève histoire des Canadiens français*, Montréal, Éditions du Boréal, 1998, p. 15.
20. Voir Gilles Havard, *op. cit.*, p. 371.

devenue un marqueur culturel des nations d'Amérique centrale et du Sud, voire même un mythe fondateur, se trouve complètement rejetée au Québec[21]. Elle a été niée, ignorée, méprisée jusque dans les principes mêmes de la Révolution tranquille[22]. Dans ce contexte, les revendications actuelles d'ascendance autochtone de plusieurs Québécois sonnent faux[23]; elles paraissent aussi opportunistes que les appels à la réconciliation du gouvernement fédéral. Avant de s'approprier une identité en galvaudant le verbe «se réconcilier», un important travail de mémoire reste à accomplir, afin de faire advenir un réel rapprochement entre les nations québécoise et autochtones.

Les voyageurs canadiens étaient pour la plupart illettrés et associés d'un peu trop près aux modes de vie des Premiers Peuples. L'apport de la culture canayenne a été largement oblitéré par l'histoire officielle de l'Amérique du Nord. Aujourd'hui, le Canayen est devenu un fantôme, dont les traces fugitives se retrouvent pourtant aux endroits où l'on s'y attend le moins, par exemple dans les œuvres des plus grands écrivains américains tels que Walt Whitman, Henry David Thoreau et bien sûr Jack Kerouac.

Walt Whitman évoque à maintes reprises l'imaginaire canayen dans son recueil *Feuilles d'herbe* (1855)[24] : «Notre ami le sauvage fuyant, qui est-il? / Qu'attend-il? La civilisation? Ou l'a-t-il dépassée? L'a-t-il

---

21. Voir Gérard Bouchard, *Genèse des nations et cultures du Nouveau Monde*, Montréal, Éditions du Boréal, 2000.

22. Voir Dalie Giroux, *L'œil du maître. Figures de l'imaginaire colonial québécois*, Montréal, Mémoire d'encrier, 2020.

23. Voir Darryl Leroux, *Ascendance détournée: Quand les Blancs revendiquent une identité autochtone*, Sudbury, Prise de parole, 2022.

24. «Je crois qu'une feuille d'herbe est à la mesure du labeur des étoiles.» Le vers résume à lui seul la puissance du recueil de Whitman.

maîtrisée ? / A-t-il grandi, dehors, dans les plaines du Sud-Ouest ? / Est-il un Kanadien[25] ? » Sous la plume du poète, la figure du Canadien participe au mythe du bon Sauvage, soit l'être vertueux vivant en harmonie avec la nature, non corrompu par la civilisation, décrit par les philosophes des Lumières tels que Rousseau, Voltaire ou Lahontan. Or, le bon ou le mauvais Sauvage est une vue de l'esprit. Même si les voyageurs ont embrassé le continent américain et les cultures des peuples d'origine, leur travail a d'abord servi à nourrir le projet colonial européen.

Le Kanada, tel que l'écrit Whitman, est une occurrence fréquente dans les textes du grand poète américain : « Homme des rivières, homme des bois, vivant la vie des fermes dans nos États, ou menant la vie côtière, ou près des lacs, ou au Kanada. » Whitman ne fait pas référence au pays ici, mais au mode de vie des Canayens, ces « hommes de rivière et des bois » qui semblent être considérés comme une nation qui diffère des autres Euro-Américains (les Blancs) : « Je [l'herbe, donc la nature] pousse aussi bien chez les Noirs que chez les Blancs, Kanuck, Tuckahoe, Congressistes, Cuff, tout le monde aura la même chose, tout le monde y a droit sans distinction. » Plus loin, il écrit : « Pas enchepé[26] sur mes raquettes kanadiennes[27]. » Il aurait été plus juste d'écrire « sur mes raquettes algonquiennes », mais cette métonymie montre que pour le poète, et pour bien des Américains du 19ᵉ siècle, les Kanadiens sont plus proches des cultures autochtones que des sociétés européennes.

Dans *Walden ou la vie dans les bois* (1854), Thoreau adopte, presque au même moment que Whitman, une perspective similaire à l'égard des Canadiens. Ainsi, il reçoit la visite d'Alexandre Therrien, « un bûcheron, et fabricant de poteaux, capable de trouer cinquante poteaux en un jour, qui fit son dernier souper d'une marmotte que prit son chien

---

25. Walt Whitman, *Feuilles d'herbe*, Paris, Gallimard, 2002, p. 120.

26. Picardisme utilisé par le traducteur français de Whitman (Jacques Darras) qui signifie « enchevêtré ».

27. *Ibid.*, p. 40-41, 70 et 84.

[...] Il serait difficile de trouver homme plus simple et plus naturel ». La description que fait le philosophe de Therrien reprend une fois de plus les schèmes du noble Sauvage, qui évite les affres de la civilisation. Dans le portrait idéalisé qu'il fait du personnage, Thoreau développe sur la bonne humeur du Canadien, son inclination « naturelle » à aimer la vie telle qu'elle est : « Il m'intéressa, tant il était tranquille et solitaire, et heureux en même temps ; un puits de bonne humeur et de contentement [...] Telle était chez lui l'exubérance des esprits animaux qu'il lui arrivait de tomber de rire et rouler sur le sol [...][28] » Ce tempérament a maintes fois été souligné par des observateurs étrangers qui entraient en contact avec les voyageurs ou coureurs des bois canadiens. Ils relevaient notamment le caractère enjoué des chansons qui permettaient aux hommes de garder le moral devant les difficultés du périple[29].

On trouve dans l'évocation de Therrien une attitude envers l'existence, une vision du monde et de la vie, qu'un écrivain comme Jack Kerouac a cherchées partout sur les routes. Dans son célèbre roman *On the road* (1954), il avoue : « les seules gens qui existent pour moi sont les déments, ceux qui ont la démence de vivre, [...] qui veulent jouir de tout dans un seul instant, ceux qui ne savent pas bâiller ni sortir un lieu commun mais qui brûlent, qui brûlent, pareils aux fabuleux feux jaunes des chandelles romaines explosant comme des poêles à frire à travers les étoiles [...][30]. » Se pourrait-il que les fous que Kerouac a pourchassés jusque dans son delirium tremens étaient ses ancêtres canadiens ? On ne pourra jamais valider cette intuition, mais chose certaine, la description que propose l'écrivain de ces jeunes gens exaltés

---

28. Henry David Thoreau, *Walden ou la vie dans les bois*, Paris, Gallimard, 1922, p. 145-147.
29. Voir Carolyn Podruchny, *op. cit.*, p. 83-129 et Conrad Laforte, *La chanson folklorique et les écrivains du XIXe siècle en France et au Québec*, Montréal, Hurtubise HMH, coll. « Cahiers du Québec », 1973, p. 49.
30. Jack Kerouac, *Sur la route*, Paris, Gallimard, 1960, p. 21.

colle parfaitement aux voyageurs chantant dans leur canot d'écorce ou encore au bûcheron Alexandre Therrien.

Kerouac fait référence de façon plus précise à son héritage canuck dans un des poèmes de *Mexico City Blues* (1976).

> *Chansons indiennes au Mexique...*
> *Ressemblent aux petites chansons franco-canuckiennes que*
> *chante ma mère —*
> *Rondelais Indiens —*
> *Rame canoë —*
>   *Ma ta wacka*
>   *Johnny Picotee*
>   *Wish-tee*
>   *Wish-tee*
> *Negcheminable*
>
> *Tamayara*
> *Para ya*
> *Couics Aztèques*[31]

    Le Mexique, les Canucks, les Autochtones : ce poème évoque des liens que l'histoire officielle n'a guère retenus. Bien sûr, il s'agit de la subjectivité d'un poète, elle-même influencée par les nombreuses substances consommées quotidiennement par Kerouac lors de son séjour mexicain pendant lequel il a écrit les poèmes de son recueil. Mais comment les chansons indiennes du Mexique peuvent-elles lui rappeler les comptines maternelles de son enfance, qui elles-mêmes évoquent des chants en langue autochtone ?
    Ce détour par trois géants des lettres états-uniennes dessine en contrepoint la mesure de la culture canadienne ignorée par l'histoire

---

31. Jack Kerouac, *Mexico City Blues*, Paris, Christian Bourgeois, 1976, p. 28.

officielle des Amériques. Qu'est-il advenu de tous ces gens, de leur culture, de leur expérience du continent américain ? On peut penser, à l'instar de Dalie Giroux, que certains aspects de la culture canayenne ont survécu dans la tradition orale canadienne-française et québécoise. Dans son essai *Parler en Amérique : oralité, colonialisme et territoire* (2019), elle donne plusieurs exemples de ce phénomène, que ce soit les écrits français de Kerouac, les toponymes francophones que l'on retrouve à la grandeur de l'Amérique du Nord, la langue des métiers traditionnels de la forêt ou de la pêche, les expressions que l'on retrouve dans les films de Pierre Perrault ainsi que tous les autres exemples qui prolongent la mémoire canayenne : « [C]'est une langue qui porte un témoignage : celui du territoire, de la terre, du fleuve, de l'habitation et du voyage, des outils, des lieux [...][32]. » Cette présence fantomatique, nous pouvons la traquer dans la chanson traditionnelle, qui constitue le réservoir de la mémoire de ces hommes et femmes qui ont peu écrit, mais beaucoup chanté aux quatre coins de l'Amérique.

Les traces écrites des 16e et 17e siècles sur la place qu'occupe la chanson dans le quotidien de la colonie française sont plutôt rares. Le gouverneur Frontenac aurait fourni en 1672 la première description de l'usage des chansons traditionnelles par les voyageurs canadiens[33]. Pierre-Esprit Radisson (vers 1640-1710), explorateur et traiteur de fourrures, avait aussi recours au chant dans le but d'aplanir ses relations avec les Iroquois. Havard rapporte que Radisson, « [s]ans calcul ou dessein de se faire valoir, [...] se plaît aussi à chanter en français, ce à quoi ils [les

---

32. Dalie Giroux, *Parler en Amérique : oralité, colonialisme et territoire*, Montréal, Mémoire d'encrier, 2019, p. 24-25.

33. Voir Jean-Pierre Pichette, « La chanson de tradition orale des Pays d'en haut : un tour d'horizon », *Francophonies d'Amérique*, n° 40, 2015, p. 135.

Iroquois] prêtaient attention dans un profond silence[34] ». Cette convivialité du chant, qu'il a pu expérimenter à Paris comme à Trois-Rivières, facilite son intégration parmi les Iroquois[35]. Dès le départ, la chanson accompagne donc les voyageurs dans leurs déplacements et sert de point de rencontre avec les populations qui occupent le territoire.

Les chants traditionnels étant par définition de nature populaire et orale, il est difficile de retracer leur évolution, de Radisson jusqu'à nous en passant par les coureurs des bois, les forestiers et les défricheurs. Les premières traces écrites du répertoire traditionnel canadien remontent à la deuxième moitié du 19e siècle alors que la chanson marque la production littéraire, par exemple dans le roman *Les Anciens Canadiens* (1863) de Philippe Aubert de Gaspé.

À la même époque, la publication des premiers recueils de chansons a été encouragée par les folkloristes français. Les études de Conrad Laforte révèlent l'influence exercée par le Comité de la Langue, de l'Histoire et des Arts de la France sur les premiers auteurs de recueils de chansons canadiennes-françaises[36]. Ainsi, Hubert La Rue a publié l'article « Les chansons populaires et historiques du Canada » dans la revue *Le Foyer Canadien* (1863) et a incité le musicien Ernest Gagnon à publier le recueil *Chansons populaires du Canada* (1865), qui a connu un rayonnement extraordinaire, tant au Québec qu'en France. Le recueil comprend une centaine de chansons que Gagnon connaissait lui-même ou a recueillies auprès de ses proches. Ce livre et sa réception indiquent l'importance culturelle de la chanson dans le quotidien du peuple, mais aussi pour l'élite canadienne-française en développement au 19e siècle.

Bien que Gagnon indique dans son livre que les 100 chansons qu'il présente ne sont qu'une sélection non exhaustive du répertoire

---

34. Extrait du journal de Radisson tel que rapporté dans Havard.
35. Voir Gilles Havard, *op. cit.*, p. 94.
36. Voir Conrad Laforte, *op. cit.*

de tradition orale, plusieurs ont cru qu'il avait recueilli l'essentiel de la poésie populaire canadienne-française. Quand le Beauceron Marius Barbeau, formé en ethnologie à l'Université d'Oxford, a entrepris une collecte folklorique auprès de chanteurs et chanteuses dans diverses régions du Québec à partir de 1916, il a été surpris par la richesse et l'étendue insoupçonnée du répertoire traditionnel du Canada français. Avec l'aide de quelques collaborateurs, notamment Édouard-Zotique Massicotte, Barbeau a enregistré et recueilli environ 13 000 chants autochtones et français accompagnés de 8 000 mélodies[37]. Lorsqu'il a entamé son travail, Barbeau occupait depuis 1910 la fonction d'anthropologue et d'ethnologue à Ottawa pour la division musée de la Commission géologique du Canada. Il étudiait en particulier la mythologie et les langues autochtones, notamment celles des nations de l'Ouest canadien. En 1914, une rencontre avec Franz Boas, qu'on désigne souvent comme le père de l'anthropologie américaine, l'a mené à entamer des recherches à propos de l'influence du folklore français sur la tradition orale autochtone. C'est en passant par les cultures des Premiers Peuples qu'il est arrivé à l'étude du folklore canadien-français. Ce «détour» par la tradition orale autochtone symbolise à quel point celle-ci est enracinée en territoire américain – quelque part, elle est le territoire – et qu'il s'avère difficile de questionner l'évolution des cultures euroaméricaines sans d'abord réfléchir aux transferts culturels entre celles-ci et les Premiers Peuples.

À la suite des travaux de Barbeau, plusieurs folkloristes ont poursuivi le travail de collecte et d'analyse de la tradition orale. En 1944, Luc Lacourcière a créé les Archives de folklore et d'ethnologie de l'Université Laval qui demeurent le plus grand centre d'archives folkloriques canadiennes-françaises. Ce centre d'archives et plusieurs autres fondés dans les années 1970 et 1980 ailleurs au Canada, par exemple à Edmonton,

---

37. Voir l'*Encyclopédie canadienne*: https://www.thecanadianencyclopedia.ca/fr/article/barbeau-charles-marius.

Saint-Jean de Terre-Neuve, Sudbury, Saint-Boniface et Saskatoon[38], ont sauvé de l'oubli un nombre incalculable de chansons traditionnelles et permettent aux artistes de la scène trad de se les réapproprier. Une particularité de ces enregistrements est que les chansons sont presque toujours chantées *a cappella*, à la façon des voyageurs sur les rivières, mais aussi telles qu'elles ont été reprises dans les veillées familiales tout au long des 19e et 20e siècles. On les chantait seul, en faisant participer ses compères qui répondaient ou reprenaient le refrain. Les airs étaient simples, correspondaient à une esthétique populaire qui a traversé les époques. Ils étaient parfois accompagnés par l'harmonica, les cuillères, la guimbarde, les os ou la podorythmie[39], mais la voix humaine demeurait le point central de la chanson. Chaque interprète y mettait sa touche personnelle et une dose d'émotion grâce à de nombreux ornements, en ajoutant des notes secondaires pour embellir la mélodie. On retrouve cette façon ancienne de chanter sur l'album du folkloriste Robert Bouthillier, *Temporel/Intemporel: 29 chansons de tradition orale du Québec et de l'Acadie* (2017).

De nos jours, les chansons sont le plus souvent arrangées et accompagnées de plusieurs instruments, comme le violon, la guitare, la basse électrique, la contrebasse, le bouzouki, la vielle à roue, la mandoline, etc. Le chant *a cappella* est tout de même encore présent, notamment grâce aux arrangements harmoniques des ensembles vocaux comme Les Charbonniers de l'Enfer, Galant tu perds ton temps et Musique à bouches. Le groupe Le Vent du Nord se fait aussi un devoir d'intégrer quelques chants *a cappella* sur chacun de ses albums. Ceux-ci sont toujours associés à des moments chargés d'émotions lors des spectacles.

---

38. Voir Jean-Claude Dupont et Jacques Mathieu, *Héritage de la francophonie canadienne — Traditions orales*, Québec, Presses de l'Université Laval, 1986, p. 5-6.

39. « Aussi nommé tapage de pied, tradition percussive qui aurait au moins 200 ans et qui utilise les pieds frappant le sol. » Elle constitue la signature de la musique traditionnelle québécoise. Le mot a été inventé par le conteur et musicien Alain Lamontagne. Source: Nicolas Boulerice, *op. cit.*

Il y a dans le chant traditionnel *a cappella* une transmission plus franche de la poésie et de l'humanité qui transcende ces œuvres musicales basées sur la seule voix humaine.

Afin de catégoriser les diverses chansons collectées dans la tradition orale et offrir une meilleure compréhension de celles-ci, Conrad Laforte a publié *Le catalogue de la chanson folklorique française entre 1977 et 1983* (1993) dans lequel il tient compte de plus de 60 000 versions provenant de la francophonie mondiale. Ce catalogue, que l'auteur a divisé en six tomes selon les différentes catégories, représente la diversité formelle et thématique du répertoire de tradition orale[40].

Le premier tome (Catégorie I) est dédié à la chanson en laisse, issue d'une technique poétique du Moyen Âge européen caractérisée par un ensemble de vers ayant tous la même rime ou qui sont à tout le moins assonancés. Ce type de chansons intègre presque toujours un refrain, en une ou plusieurs parties; il ne fait pas progresser le récit en tant que tel, mais propose une ambiance et parfois un sens équivoque ou humoristique facilitant la participation du public. Grâce au refrain et aux vers assonancés de la laisse, on peut prolonger la chanson en défilant les vers un à la fois aussi longtemps que voulu. Les chansons en laisse étaient souvent dites de métiers : elles étaient entonnées pour accompagner des tâches routinières et elles composent une grande partie du répertoire des voyageurs de la traite des fourrures qui sera présenté au chapitre suivant.

La deuxième catégorie, les chansons strophiques, est moins homogène que la première et est caractérisée par une forme fixe de vers organisés en strophes. Plusieurs des chansons de bûcherons que nous présenterons dans le chapitre 4 sont incluses dans le corpus que Laforte a nommé «Cycles de voyage — L. Les coureurs de bois, les chantiers forestiers, la drave, etc.».

---

40. Pour plus de détails sur la catégorisation des chansons, voir Conrad Laforte, *Poétiques de la chanson traditionnelle française*, deuxième édition, Québec, Presses de l'Université Laval, 1993.

La catégorie III porte sur les « Chansons en forme de dialogue ». Il est à noter que l'utilisation de dialogues, et donc la présence de personnages, est fréquente dans la chanson traditionnelle et se retrouve dans d'autres catégories, notamment les chansons en laisse. La catégorie IV est composée des « Chansons énumératives » qui font le plus souvent intervenir le public, dans l'esprit de la chanson à répondre, que l'on retrouvait également dans la catégorie I. Les nombreuses chansons, peu importe les catégories de Laforte, qui commandaient une participation du public expliquent probablement pourquoi la culture populaire a retenu l'expression « chansons à répondre » pour désigner la chanson traditionnelle.

Finalement, la catégorie des chansons brèves (V) sont des comptines enfantines et des canons, souvent humoristiques. La catégorie VI, « Chansons sur les timbres », regroupe des chansons composées sur des airs traditionnels existants et inclut certains cantiques de Noël, des chansons historiques ou politiques et d'autres relatant des évènements locaux.

Laforte ajoute une septième catégorie qui n'est pas traitée explicitement dans son catalogue : les chansons littéraires recueillies comme folkloriques. Celles-ci ne sont pas à proprement dites traditionnelles, car nous en connaissons l'auteur et les circonstances de leur composition. Par contre, leur intégration dans la tradition orale en dit long sur l'adéquation entre ces textes et les valeurs populaires de l'époque. Nous aborderons quelques chansons de ce type dans cet ouvrage.

Même si les frontières demeurent floues entre les différentes catégories et qu'une chanson strophique puisse également être une chanson sur les timbres ou qu'une chanson en laisse contienne un dialogue, le mérite de la classification de Laforte repose sur l'identification des esthétiques utilisées dans la chanson traditionnelle. Cette façon de faire facilite non seulement le regroupement de chansons pour leur étude, mais surtout la prise en compte de leur valeur poétique et culturelle, trop souvent oubliée au profit de leur caractère festif.

Le catalogue de Laforte est évidemment incomplet puisque la collecte s'est poursuivie après la publication de son ouvrage, plus particulièrement dans les communautés francophones hors Québec, ce qui rappelle aux Québécois que le territoire de la culture canadienne d'origine déborde les frontières de leur province. Alors que chaque génération de folkloristes annonçait la fin de la collecte et de la tradition orale, des chercheurs comme Robert Bouthillier ou encore Michel Faubert, et plus récemment Éric Beaudry et Philippe Jetté, ont continué à dénicher auprès de chanteuses et chanteurs des versions nouvelles de chansons.

Afin de bien saisir la valeur poétique des chansons traditionnelles collectées par ces chercheurs, il est essentiel de comprendre comment elles se transmettent dans la tradition orale. Ces chansons sont «vivantes», elles se trouvent sans cesse en mouvement, en transformation; elles ne sont fixées ni dans une forme ni dans une époque et elles demeurent anonymes. Le peuple décide de leur sort, de leur pertinence poétique et sociale qui fera qu'elles seront transmises ou non à la prochaine génération. Certaines chansons types ont été récoltées quelques centaines de fois par les folkloristes un peu partout en Amérique et en France, ce qui dénote l'importance de la transmission. Les versions sont parfois très différentes les unes des autres, mais elles gardent un thème, certains vers ou un cadre, qui permettent de relier ces variations à une même chanson type.

Le processus de transformation d'une version à l'autre résulte d'une dynamique à la fois collective et individuelle. La communauté tend à préserver une partie de la chanson selon son contexte social et ses préoccupations quotidiennes, alors que chaque chanteur définit sa propre interprétation en tenant compte de sa sensibilité, de son imaginaire ou parfois tout simplement de son humeur ou de sa mémoire qui lui font oublier un mot, un vers, ou encore en inventer un autre. De cette tension résulte la création d'une multitude de versions d'une même chanson type, représentative de l'évolution de la culture populaire. Il en va de même pour les mélodies, qui sont parfois modulées de façon différente selon le moment où les chansons sont entonnées. L'incroyable diversité dans la forme, les thèmes et les mélodies du répertoire traditionnel sous-tendent plusieurs cas de figure quant à sa transmission. À toutes les époques, des chansons composées ont été reprises dans la tradition orale et «folklorisées» par le peuple. Par exemple, parmi les chants de bûcherons, plusieurs se voulaient des compositions assez récentes au moment de leur collecte. Certaines, bien implantés dans la tradition orale, se seraient rendus jusqu'à nous dans le cas hypothétique où l'oralité était demeurée au 20e siècle l'unique moteur de transmission de la chanson traditionnelle. Au contraire, d'autres chants auraient disparu s'ils n'avaient pas été collectés par les folkloristes, par exemple de vieilles chansons françaises qui ne cadraient plus avec la mentalité populaire canadienne. Par ailleurs, plusieurs chants anciens collectés au Québec n'ont pas été retrouvés en France d'où ils proviennent pourtant. Le parallèle avec l'évolution du français parlé en Amérique et en France est intéressant, alors que les Franco-Américains utilisent des expressions du vieux français du 17e siècle, disparues en France.

Même si la diffusion des chansons est influencée de nos jours par les médias et les nouvelles technologies de communication, l'oralité continue de jouer un rôle dans la culture populaire et elle demeure présente dans le milieu de la musique traditionnelle. Comme le processus de partage et de transformation de la chanson traditionnelle est intimement lié aux mentalités populaires, en étudiant plusieurs chants ou plusieurs versions, nous pouvons en faire ressortir des éléments culturels et des sentiments collectifs perpétués de génération en génération. Le contexte dans lequel les chansons évoluent n'est pas statique, ni fermé sur lui-même. Le processus de transmission orale est largement teinté par les rencontres interculturelles et les influences extérieures que subissent les individus et la société. La tradition orale est à la fois gardienne de certaines pratiques ancestrales, mais également un médium qui porte et intègre diverses traces de métissage culturel.

Il s'agit en fait d'un espace de réinterprétation des mouvements qui forment une société, un carrefour traversé par des éléments culturels les plus diversifiés.

En somme, la chanson a joué un rôle culturel essentiel tout au long de l'histoire de la Franco-Amérique. Venue d'Europe, cette tradition s'est transformée au contact de la géographie américaine et des cultures des Premiers Peuples. Elle représente le cœur de l'identité canadienne en Nouvelle-France, elle participe à la résistance canadienne-française sous le régime britannique, on la retrouve même aux avant-gardes de la Révolution tranquille grâce à l'influence qu'elle a exercée sur les premiers chansonniers québécois. Encore aujourd'hui, elle demeure vivante dans plusieurs familles et communautés ; elle est présente sur la scène culturelle québécoise, notamment dans de nombreux festivals[41] partout au Québec où elle participe très souvent à des partages et des échanges entre artistes d'origines et de traditions différentes ; enfin, elle rayonne à l'international par l'entremise de musiciens professionnels qui contribuent à sa diffusion. Mais avant de s'intéresser à sa diffusion actuelle, retournons aux sources, en canot d'écorce, sur les rivières du continent américain

---

41. Voir l'initiative du Conseil québécois du patrimoine vivant (CQPV) regroupant 25 festivals trads du Québec : https://25festivals.com/.

LES CHANSONS D'AVIRONS

Les recherches sur le terrain menées au début du 20ᵉ siècle par l'anthropologue et folkloriste Marius Barbeau montrent que «partout en Amérique, l'écho des chansons d'avirons a suivi les explorateurs et les coureurs des bois[42]». Les voyages en canot d'écorce, de campements en postes de traite, étaient rythmés par «des chants qui donnent la cadence aux coups de rame et insufflent du courage pour avancer plus avant, heure après heure, jour après jour, dans les profondeurs du pays indien[43].» Plus souvent qu'autrement, les voyageurs entonnaient des chansons de métiers. Issues de la tradition française, ces dernières rythmaient les travaux des champs comme la moisson, le battage, le vannage, etc. Les activités agricoles manuelles exigeaient de maintenir la cadence pendant une certaine période de temps, d'où l'utilité de chanter les mêmes airs. Ces chants s'enracinent donc dans le mode de vie d'une communauté paysanne, en phase avec la géographie et les travaux de la terre. Parvenus en Amérique, ces airs scandés en chœur sont devenus les «chansons d'avirons», représentatives – voire même performatives – du mode de vie des voyageurs canadiens. De toute évidence, cette pratique de chanter en ramant ne leur est pas exclusive. René Victor évoque la même habitude chez les mariniers haïtiens[44] et on peut penser que chanter en ramant ou en travaillant est une pratique qui vient naturellement aux êtres humains confrontés à une tâche ardue ou ennuyante.

De nombreuses chansons sont arrivées en Nouvelle-France avec les premiers colons, essentiellement entre 1634 et 1673. Contrairement à ce que l'on peut croire, elles ne proviennent pas nécessairement des régions françaises d'où partaient les colons. Elles datent de différentes époques et plusieurs d'entre elles ont voyagé pendant des siècles aux

---

42. Marius Barbeau, *En roulant ma boule*, Ottawa, Musées nationaux du Canada, 1982, p. 6.

43. Gilles Havard, *op. cit.*, p. 296.

44. Voir René Victor, *Chansons de la montagne, de la plaine et de la mer*, Montréal, Mémoire d'encrier, 2007, p. 29.

quatre coins de la France et ailleurs en Europe. Par exemple, les chansons « Le roi Renaud » et « Dame Lombarde », recueillies au Canada et analysées par Barbeau, ont été retrouvées en Scandinavie et en Italie. Elles ont voyagé en Europe, en France, puis vers l'Amérique, en se modifiant de bouche à oreille, au contact de langues et de territoire différents. Barbeau a porté une attention particulière à ces chansons d'origine européenne, notamment celles qu'il attribue à des jongleurs, c'est-à-dire les bardes des 15e et 16e siècles. Ces airs médiévaux, entonnés tels quels ou parfois modifiés au contact du quotidien américain, constituaient la plus grande part du répertoire des chants d'avirons.

À partir du début du 19e siècle, ce sont des visiteurs étrangers, le plus souvent impliqués dans la traite de fourrures, qui ont témoigné de la richesse du répertoire de tradition orale canayen et ont laissé les premières traces écrites des chansons. Barbeau rapporte que vers 1830, le marchand de fourrures Edward Ermatinger, Anglais d'origine suisse et italienne, a consigné les paroles et la musique de 11 chansons de voyageurs[45].

Barbeau met également en lumière les propos de John MacTaggart, ingénieur et auteur écossais, qui écrivait en 1829 :

> Beaucoup de leurs chansons sont exquises, surtout les airs qui les enjolivent. Car j'ai noté de bonnes chansons d'avirons (*boat-songs*) et j'entends les publier avec leurs mélodies, sans lesquelles elles seraient incomplètes. Permettez-moi de faire mon possible pour leur rendre justice, afin que leur charme atteigne ceux qui ne les ont jamais entendues avec grande émotion. Il faut être dans un canot d'écorce au milieu d'une douzaine de vigoureux rameurs, sur le lac bleu par beau temps, après avoir sauté des rapides, pour éprouver la magie de leur enchantement[46].

---

45. Voir Marius Barbeau, *op. cit.*, p. 157.

46. *Ibid.*, p. 9.

Les propos de l'Écossais en témoignent: c'est en chantant leurs vieilles chansons françaises sur tout le territoire américain que les coureurs des bois ou voyageurs canayens ont bâti leur réputation et leur légende. L'ensemble des travaux de Marius Barbeau documente la diffusion qu'ont connue les chansons canadiennes sur le continent américain. Certaines d'entre elles ont été récoltées quelques dizaines et mêmes centaines de fois partout en Amérique du Nord. Si ce type particulier de chansons, considérées dans le catalogue de Laforte comme des exemples de chants en laisse, a eu autant de succès auprès des voyageurs et ensuite dans la tradition orale franco-américaine, c'est grâce à ses thèmes, mais aussi à sa structure et à sa mélodie qui ont su s'adapter au métier de canoteur.

La pratique de chanter des airs traditionnels pour rythmer l'aviron a connu son apogée à la fin du 18e siècle et au début du 19e, alors que des compagnies étaient dirigées principalement par des Anglais et des Écossais. La Compagnie du Nord-Ouest embauchait des centaines de Canadiens français pour réaliser les activités de traite de fourrures sur un immense territoire au nord-ouest des Grands Lacs. Si les voyageurs de cette époque étaient pour la plupart analphabètes, plusieurs traces écrites de leurs mœurs ont été consignées grâce aux commis et commerçants (appelés bourgeois) anglophones qui les ont côtoyés.

L'ouvrage de Carolyn Podruchny, *Les voyageurs et leur monde* (2009), permet de mieux saisir le rôle essentiel des chants d'avirons dans la vie des voyageurs. Les déplacements, dans le cadre de la traite des fourrures telle que pratiquée par la Compagnie du Nord-Ouest, étaient assurés par les canots de maître, surtout utilisés entre Montréal et les Grands Lacs. Ils comptaient à leur bord une dizaine de canotiers. Deux voyageurs, de grade élevé et gagnant un meilleur salaire, étaient nommés «les bouts» en raison de leur position dans l'embarcation. Le devant guidait la proue du canot dans le cours d'eau et prévenait de la présence d'obstacles, le gouvernail à l'arrière donnait la direction. Le succès du voyage dépendait en grande partie de leur habileté à diriger l'embarcation dans les rapides. Ce sont eux qui contrôlaient le rythme de pagaie et le plus souvent dirigeaient le chant. Les autres rameurs étaient nommés les milieux. Les convois entre Montréal et les Grands Lacs étaient composés de trois à six canots de maître. Ces derniers étaient remplacés par les canots du nord, plus petits, lorsque les hommes s'aventuraient au nord-ouest des Grands Lacs. Ceux-ci transportaient en moyenne quatre ou cinq voyageurs. Leur fabrication respectait les techniques des sociétés autochtones, mais la dimension plus grande des canots fabriqués par les Français permettait le transport d'une quantité de marchandises plus importante.

Selon Podruchny, il est probable que les canots d'une même brigade coordonnaient leurs chants afin de maintenir la même allure[47]. Elle note que le rythme rapide ou lent des chansons pouvait varier selon le type de déplacement impliqué : certains airs se modulaient selon les besoins du voyage, la sorte de canot ainsi que le poids des marchandises. Par exemple, un canot allège sur le chemin de retour entre les Grands Lacs et Montréal inspirait aux hommes des chants plus rythmés pour accompagner un rythme de nage plus rapide et léger[48].

Les chansons servaient parfois à marquer les distances parcourues, par exemple en notant que les voyageurs pagayaient le temps de 50 chansons par jour. Cette façon de marquer le passage du temps rappelle la pratique des voyageurs de compter les distances selon le nombre de pipes. En effet, on avait l'habitude de prendre une pause toutes les deux heures environ pour fumer une pipe de tabac et il est devenu usuel de mesurer les distances en pipes ou en chansons.

Les chants d'avirons représentaient également un refuge psychologique contre la misère et la peur engendrée par les voyages. En 1798, le colonel Landman décrivait ainsi la dure réalité des voyageurs :

---

47. Voir Carolyn Podruchny, *op. cit.*, p. 109.
48. *Ibid.*, p. 117.

Je les ai vus pagayer dans un canot vingt heures sur vingt-quatre, aller à cette vitesse durant une quinzaine de jours ou trois semaines sans un jour de repos ni ralentissement. Mais ce n'est pas sans mal qu'ils font de tels efforts ; ils maigrissent beaucoup durant de semblables voyages, bien qu'ils consomment une quantité incroyable de nourriture. Ils fument sans cesse et chantent des chansons qui leur sont particulières et qui sont les mêmes que chantaient auparavant leur père, leur grand-père et probablement leurs aïeux...[49]

Chanter aidait les hommes à surmonter la faim et la fatigue. Les chansons devenaient en quelque sorte une nourriture spirituelle qui leur permettait de survivre aux privations physiques. Podruchny rapporte les paroles d'un dénommé Ross Cox qui soulignait la joie des Canadiens chantant jusqu'au point du jour « leurs agréables et sauvages chansons » qui leur faisaient oublier la faim[50]. Sous la plume de Cox, le terme « sauvage » renvoie à un fort sentiment de liberté et de joie, malgré la situation précaire dans laquelle se trouvaient les hommes. Comme on l'a vu, c'est cette perspective de l'esprit canadien qui a été relayée et idéalisée par des écrivains tels que Whitman, Thoreau et Kerouac.

Par ailleurs, Podruchny note que dans certains cas, les chansons aidaient les voyageurs à rester éveillés, lorsque le trajet se poursuivait pendant la nuit[51]. Le rôle des chansons d'avirons transcende donc la simple idée de donner le rythme des coups de pagaie ; elles transmettaient aux voyageurs le courage d'affronter l'effort, les dangers, la famine.

---

49. Jean-Claude Dupont et Jacques Mathieu, *op. cit.*, p. 137.
50. Carolyn Podruchny, *op. cit.*, p. 6.
51. *Ibid.*, p. 109.

Parmi toutes les chansons d'avirons, «À la claire fontaine» occupe une place privilégiée, en raison de son rôle symbolique auprès des voyageurs, mais aussi pour l'influence qu'elle a exercée sur l'ensemble de la population franco-américaine au fil des époques. Il en existe des centaines de versions, avec des textes et des mélodies qui se sont adaptés au contexte où elles sont entonnées.

À la claire fontaine
M'en allant promener
J'ai trouvé l'eau si belle
Que je m'y suis baigné.

Il y a longtemps que je t'aime,
Jamais je ne t'oublierai.

Sous les feuilles d'un chêne,
Je me suis fait sécher.
Sur la plus haute branche,
Un rossignol chantait.

Il y a longtemps que je t'aime,
Jamais je ne t'oublierai.

Chante, rossignol, chante,
Toi qui as le cœur gai.
Tu as le cœur à rire...
Moi je l'ai à pleurer.

Il y a longtemps que je t'aime,
Jamais je ne t'oublierai.

J'ai perdu ma maîtresse
Sans l'avoir mérité.
Pour un bouquet de roses
Que je lui refusai...

Il y a longtemps que je t'aime,
Jamais je ne t'oublierai.

Je voudrais que la rose
Fût encore au rosier,
Et moi et ma maîtresse
Dans les mêmes amitiés.

Il y a longtemps que je t'aime,
Jamais je ne t'oublierai.

Cette chanson nostalgique rappelait aux voyageurs leurs amours, heureux ou malheureux, laissés dans la vallée du Saint-Laurent. Comme d'autres chansons en laisse d'origine française, elle s'est si bien intégrée à la culture des voyageurs qu'on croyait qu'elle en était originaire. Selon Laforte, cette erreur des premiers folkloristes était très fréquente[52]. Au milieu du 19ᵉ siècle, le journaliste et auteur James Huston présentait «À la claire fontaine» de cette façon:

> L'auteur de cette simple et douce mélodie est inconnu. L'air et les paroles paraissent avoir été composés par un des premiers voyageurs canadiens, malheureux sans doute dans ses amours, et poète de cœur et de pensée, quoique ne connaissant ni les lois de la rime ni celles de la versification. Cette mélancolique chanson, transmise de génération en

---

52. Conrad Laforte, *op. cit.*, p. 29-30.

génération, après avoir été répétée par les échos des forêts et des grands lacs du Nord et de l'Ouest, est devenue le chant national de nos fêtes de famille et de nos fêtes patriotiques[53].

Au-delà du jugement négatif que porte Huston sur les qualités littéraires de la chanson, révélateur du regard condescendant de l'élite lettrée sur le répertoire oral, on peut sentir toute l'importance que revêtait cet air pour les gens du peuple. Issue du Moyen Âge français, « À la claire fontaine » s'est transplantée en Amérique et les émotions qu'elle véhicule ont continué à être en phase avec l'esprit populaire pendant des siècles :

> Cette chanson de métiers, dont les refrains varient avec les mélodies, est l'un des plus purs joyaux du répertoire populaire en France et au Canada. Arrivée au Nouveau Monde avec les colons du XVIIe siècle, elle les a escortés partout dans leurs aventures et leurs labeurs. Son rythme les a aidés à bâtir leurs demeures, à repousser la forêt, à défricher la terre, à accomplir les multiples travaux de la grange, de la boutique et de la maison.

Barbeau la met aussi en parallèle avec d'autres chansons traditionnelles françaises ayant marqué le répertoire canadien :

> Sitôt qu'ils partaient en voyage, qu'ils embarquaient en canot ou qu'ils montaient à cheval ou en calèche, ils entonnaient À la claire fontaine, Trois beaux canards, À Saint-Malo et quelques autres airs familiers qui servaient de mot de passe, de symbole et de devise. Ils peuplaient la solitude farouche,

---

53. *Ibid.*, p. 27-28.

conviaient au ralliement, marquaient l'accord des mouvements dans l'effort en commun. Ils sont devenus en quelque sorte des chants nationaux[54].

« À la claire fontaine » a poursuivi son rôle symbolique bien au-delà des voyageurs de la traite des fourrures. On l'a retrouvée au cœur de la Rébellion des patriotes de 1837-1838 et dès 1842, la Société Saint-Jean-Baptiste l'a adoptée comme hymne. Elle demeure à ce jour une des chansons les plus appréciées du répertoire traditionnel franco-américain.

Les thèmes de l'amour, de l'ennui et de la nostalgie concordaient avec l'état d'esprit des hommes qui devaient s'éloigner de leurs proches pendant de longues périodes :

> Pour se désennuyer et pour garder le rythme en ramant, il entonne des chansons qui parlent de foi, d'éloignement, de solitude, d'habitudes, de petites misères quotidiennes, de belles qui attendent leur homme, de retour et de retrouvailles, de la douleur et de la rage que ressent celui dont l'amour a été trahi, de la grande peine aussi de celle dont le mari, le fils ou le fiancé est parti pour ne plus revenir[55].

Même si elle demeure moins connue que « À la claire fontaine », la chanson « La rose blanche » rappelle aussi avec nostalgie la maison et les êtres aimés. C'est probablement la raison pour laquelle elle a souvent été nommée parmi les chansons favorites des voyageurs.

---

54. Marius Barbeau, *op. cit.*, p. 24.
55. Yves Frenette, *op. cit.*, p. 16-17.

LA ROSE BLANCHE

Par un matin, je me suis levé (bis)
Plus matin que ma tante,
Eh là!
Plus matin que ma tante.

Dans mon jardin je m'en suis allé,
Cueillir la rose blanche.

Je n'en eus pas sitôt cueilli trois
Que mon amant y rentre.

— M'ami, faites-moi un bouquet,
Ell' s'est cassé la jambe.

Faut aller q'ri le bon médecin
Le médecin de Nantes.

— Bon médecin, joli médecin,
Que dis-tu de ma jambe?

— Ta jambe, ma bell' ne guérira pas,
Quell' n'soit dans l'eau baignante.

Dans un bassin tout d'or et d'argent,
Couvert de roses blanches.[56]

Cette autre chanson en laisse est typique des chants de métiers dont le refrain sert à prolonger l'action et qui se sont transformés en chansons d'avirons en Nouvelle-France. On y retrouve un référent

---

56. Marius Barbeau, *op. cit.*, p. 111.

géographique (la ville de Nantes) et des archaïsmes, comme le verbe «quérir (q'ri)» dans le sens d'aller «chercher», qui rappellent son origine française. Sa structure est également représentative de la majorité des chansons d'avirons collectées par Barbeau. Le rythme est ajusté pour suivre la cadence des canotiers, qui était de 40 à 50 coups de rame à la minute. Le meneur chantait les couplets, alors que les rameurs reprenaient le refrain en chœur.

La polyvalence et l'universalité de ces chansons s'illustrent par ces changements de rythme qui se sont imposés en fonction de la tâche à effectuer ou du moment de la journée : portager, ramer, réconforter ses collègues voyageurs ou marins éloignés de leurs proches, faire la fête dans les veillées familiales ou communautaires. De nos jours, les versions qu'ont popularisées les artistes trad ont souvent une cadence plus rapide que celles utilisées par les voyageurs ou encore celles recueillies aux archives.

Laforte rappelle que «"À la claire fontaine", "La rose blanche" et plusieurs autres chansons traditionnelles ont retenu du Moyen Âge non seulement [leur] versification mais aussi [leurs] thèmes et motifs comme la mal mariée, les bergères, la fontaine, le rossignol et autres oiseaux et le langage symbolique des fleurs[57]». Du Moyen Âge européen aux terres américaines, ces chansons ont fait un long voyage temporel et géographique.

«Trois beaux canards» est un autre grand classique du répertoire canadien et l'un des préférés des voyageurs du Missouri[58]. Ce chant a eu une telle présence sur le continent qu'il s'est imposé comme un symbole de la présence francophone dans l'Ouest américain, présence effacée des livres d'histoires.

---

57. Conrad Laforte, *op. cit.*, p. 48.
58. Voir Gilles Havard, *op. cit.*, p. 366.

TROIS BEAUX CANARDS

Derrièr' chez nous, y at un étang,
En roulant ma boule.
Trois beaux canards s'en vont baignant,
Rouli, roulant ma boule roulant,
En roulant ma boule roulant,
En roulant ma boule.

Le fils du roi s'en va chassant,
Avec son grand fusil d'argent.

Vise le noir, tua le blanc.
— Ô fils du roi, tu es méchant!

« Tu as tué mon canard blanc.
Par ses deux yeux tomb'nt les diamants

« Et par son bec l'or et l'argent,
Et par sous l'ail', il perd son sang.

« Et tout's ses plum's s'en vont au vent.
Y sont trois dam's les ramassant.

« Et nous ferons un lit de camp,
Nous coucherons tous deux dedans.

« Et nous aurons des p'tits enfants,
Nous en aurons des p'tits, des grands.[59]

---

59. Marius Barbeau, *op. cit.*, p. 13

Il existe plusieurs versions alternatives. Dans l'une d'elles, une bergère exacerbe le sentiment amoureux éprouvé par le narrateur.

Mon père m'a fait faire un étang,
Sur le laurier vert, sur le laurier blanc.
Sur le laurier vert, allons ma bergère,
Sur le laurier blanc, allons doucement.

Dans une autre, le changement de « roule » pour « ramer » ainsi que l'évocation de la rivière marquent le passage de la chanson de métiers européenne au chant d'avirons américain.

Derrièr' chez nous, y at un étang,
En ramant légèrement, gai gaiment.
Trois beaux canards s'en vont baignant,
Tout le long de la rivière, légèrement.
Joli' bergère, légèrement, gai gaiment.

L'apparition du canot d'écorce dans une quatrième version représente un emprunt au mode de vie autochtone ainsi que l'influence de ce dernier sur la tradition orale canadienne.

Derrièr' chez nous, y at un étang,
Canot d'écorc' qui vole au vent.
Trois beaux canards s'en vont baignant,
Canot d'écorc' qui vole, qui vole,
Canot d'écorc' qui vole au vent.
Trois beaux canards s'en vont baignant.

Né comme chanson de métiers en France, transformé en chanson d'avirons en Nouvelle-France, le chant « Les trois beaux canards » a été encore une fois modifié par le quotidien des « gars de chantiers » qui montaient bûcher dans les bois chaque hiver. Il illustre les liens qui se créent entre le développement d'une culture et la transmission de la tradition orale.

> *Derrièr' chez nous, yat un étang,*
> *Je monte en haut et je descends.*
> *Trois beaux canards s'en vont baignant,*
> *Je pique et je drave et je va draver*
> *Je commence à voyager,*
> *Je monte en haut su'l' bois carré*

Les bûcherons et les draveurs – les hommes des bois – constituent le relais manquant entre l'identité canayenne des voyageurs et l'identité franco-américaine contemporaine :

> Les variations longtemps pratiquées en Amérique de cette chanson de l'Ancien Monde renversent son équilibre coutumier. Elle se dépouille de ses atours de villageoise pour revêtir de simples habits de riveraine et de forestière. Peu s'en faut qu'elle ne se chausse de mocassins et de mitasses, qu'elle endosse la chemise de mackinaw, qu'elle ne coiffe une tuque rouge ou bleue, et qu'elle ne se ceigne d'une ceinture fléchée. Pointant le nez au vent d'ouest, elle s'empare de l'aviron et manœuvre en cadence, rebroussant le courant ou suivant les rapides[60].

« Trois beaux canards » est un exemple d'une chanson très ancienne qui a conservé son récit tout en adaptant son refrain à l'environnement et à la culture dans lesquels elle circulait. Cette chanson possède trois attributs essentiels à sa diffusion dans la tradition orale : 1) une valeur poétique qui favorise sa sélection par des générations successives de

---

60. Marius Barbeau, *op. cit.*, p. 6.

porteurs de traditions ; 2) un thème universel, ici celui de la rencontre d'un amour improbable, auquel les gens s'associent et 3) une capacité d'adaptation au milieu physique et culturel qui permet de lier davantage la chanson à la communauté. Et si on veut un autre exemple de la capacité de mutation de ce chant traditionnel, on n'a qu'à écouter la version psychédélique proposée par Robert Charlebois en 1968, «La marche du président», alors que l'époque de la contre-culture d'inspiration californienne était à son apogée au Québec.

La culture des voyageurs a largement influencé la perception populaire de la chanson traditionnelle. Dans son étude sur le répertoire de la «Côte du Détroit», Marcel Bénéteau déplore qu'avec le mythe du voyageur bon vivant, les chansons en laisse et à répondre ont pris une place prépondérante dans le répertoire qui s'est transmis jusqu'à nous, au détriment des complaintes et autres chansons strophiques :

> Le répertoire de la Côte du Détroit, largement figé au 18e siècle, se rapproche sans aucun doute du répertoire chanté par les premiers colons français à s'établir en Nouvelle-France. À notre avis, il représente le répertoire avant son appauvrissement par une trop grande insistance sur la chanson à répondre. Cette vision de la chanson traditionnelle, née avec le mythe des voyageurs, nourrie par les folkloristes des 19e et 20e siècles, est encore prônée par les médias populaires d'aujourd'hui. Le résultat en est une vision de la chanson traditionnelle comme chanson exclusivement comique et entraînante qui sert à amuser les gens dans le temps des fêtes[61].

---

61. Marcel Bénéteau, *Aspects de la tradition orale comme marqueurs d'identité culturelle : le vocabulaire et la chanson traditionnelle des francophones du Détroit*, Thèse de doctorat, Université Laval, 2001, p. 380.

En raison du stéréotype qui associe la chanson traditionnelle aux périodes de festivité (temps des fêtes, des sucres, Fête nationale du Québec, etc.), la chanson à répondre, drôle et entraînante, a fini par rejeter dans l'oubli les chants plus dramatiques, du moins auprès du grand public. Pourtant, les complaintes demeurent bien présentes dans le répertoire actuel. Elles sont au cœur du travail d'un chanteur comme Michel Faubert ou encore de celui du groupe Galant tu perds ton temps, composé de cinq chanteuses et d'un podorythmiste. Le projet de Nicolas Boulerice et du contrebassiste Frédéric Samson, *Maison de pierres — Confiné aux voyages* (2020), se veut aussi un hommage très senti au genre de la complainte. Le corpus de la chanson traditionnelle est par conséquent beaucoup plus diversifié que ne le laissent présager les perceptions populaires.

Au répertoire des chants d'avirons d'origine européenne s'ajoutent des chansons de composition canadienne, c'est-à-dire des textes inventés par des voyageurs et le plus souvent transposés sur un vieil air français. « Le voyage, c'est un mariage », un exemple de ce phénomène, propose une autre variation sur les thèmes de l'ennui, des dangers et de la misère. On retrouve plusieurs versions différentes de cette chanson, notamment sur *Maison de pierres* de Nicolas Boulerice et Frédéric Samson, mais aussi sur deux œuvres récentes qui se revendiquent de la culture du voyageur : l'album *De ses couteaux microscopiques* (2017) du groupe Les Chauffeurs à pieds, ainsi que l'album *Nagez rameurs* (2011) de Genticorum.

LE VOYAGE, C'EST UN MARIAGE

Ah ! c'est un mariage
Que d'épouser le voyage.
Je plains qui s'y engage
Sans y être invité.
Levé tôt, couché tard,
Il faut subir son sort,
S'exposer à la mort.

Dans le cours du voyage,
Exposé aux naufrages,
Le corps trempé dans l'eau,
Éveillé par les oiseaux,
Nous n'avons pas de repos
Ni le jour ni la nuit.
N'y a que de l'ennui.
[...]

Ah! c'est un mariage
Que d'épouser le voyage.
Moi j'attends la journée,
Jour de mon arrivée.
Jamais plus je n'irai
Dans ces pays damnés
Pour tant m'y ennuyer.[62]

La chanson rend bien les misères du voyage. Or, malgré ces difficultés, le métier de coureur des bois a attiré les jeunes hommes en quête de liberté et de grands espaces. Bien que la promesse de la terre et la présence de l'épouse résonnent douloureusement en plein milieu d'un voyage de misères, les hommes ont continué, par nécessité mais aussi par goût de liberté, de prendre la route des Pays d'en haut et des chantiers. Ce désir contradictoire de partir à l'aventure ou de rester « tranquille » sur la terre traverse le répertoire oral canadien jusque dans la culture québécoise actuelle. Selon Lise Gauvin, la tension entre une certaine forme de nomadisme et le mode de vie plus sédentaire de la ferme constitue même un des fondements de la littérature québécoise[63].

---

62. Madeleine Béland, *Chansons de voyageurs, coureurs de bois et forestiers*, Québec, Les Presses de l'Université Laval, 1982, p. 137-138.

63. Voir Lise Gauvin, *Aventuriers et sédentaires : parcours du roman québécois*, Montréal, Éditions Typo, 2014, 291 p.

Par ailleurs, le répertoire de chansons d'avirons comptait plusieurs chants inspirés par la vie de marin, autre figure marquante de la culture canadienne.

À SAINT-MALO

À Saint-Malo, beau port de mer (bis)
Trois gros navir's sont arrivés.
Refrain:
Nous irons sur l'eau, nous y promener,
Nous irons jouer dans l'île, dans l'île.

Trois gros navir's sont arrivés,
Chargés d'avoin', chargés de blé.

Trois dam's s'en vienn'nt les marchander.
« Marchand, marchand, combien ton blé ? »

Trois francs l'avoin'; six francs le blé.
— C'est bien trop cher d'un' bonn' moitié.

— Si j'le vends pas, j'le donnerai.
— À ce prix-là, faut s'arranger.[64]

En plus de « À Saint-Malo », le port d'où est parti Jacques Cartier, Barbeau identifie plusieurs autres chansons de marins parmi le répertoire ancien des voyageurs: « La courte paille », « Nous étions trois marins », « Le vingt d'avril, fallut partir », « Le bâtiment merveilleux », etc. Ces chansons s'intègrent naturellement au mode de vie des coureurs des bois alors que les cycles de départs et retours ainsi que la vie sur

---

64. Marius Barbeau, *op. cit.*, p. 67.

l'eau font partie intégrante de leur existence. Le lien entre voyageurs et marins est d'autant plus fort que la route de la traite passait inévitablement par les Grands Lacs, sorte de mer d'eau douce, où on levait la voile pour profiter du vent et donner un peu de répit aux rameurs.

Les emprunts des voyageurs à la culture des marins ne se limitent pas aux chansons. Par exemple, les voyageurs ont adopté la tradition des marins et pêcheurs de prier Sainte-Anne avant leur embarquement[65]. Des rituels de baptême se faisaient aussi à certains endroits le long de la route des voyageurs. On aspergeait d'eau les personnes qui passaient un point important pour la première fois ou on leur ordonnait de se jeter à la rivière. C'était parfois l'occasion de demander un verre aux nouveaux commis ou bourgeois en échange de clémence lors du rite d'initiation auquel ils devaient se soumettre malgré leur place dans la hiérarchie du groupe. On en profitait aussi pour tirer des salves de coups de feu «à l'indienne». Quelques endroits ont été identifiés comme lieux d'initiation: la pointe aux Baptêmes, à 320 km au nord-ouest d'Ottawa, sur la rivière des Outaouais; la ligne de partage des eaux qui sépare le bassin versant des Grands Lacs de celui du lac Winnipeg; le portage La Loche sur la rivière Claire qui se jette dans la rivière Athabaska (nord de l'actuelle Saskatchewan).

Dans le même ordre d'idées, Havard rapporte les paroles d'Henry M. Brackenridge, un jeune magistrat américain: «La rivière Platte, écrit Brackenridge le 11 mai, est considérée par les navigateurs du Missouri comme un point d'autant d'importance que la ligne équinoxiale parmi des marins. Ceux qui ne l'avaient pas passée auparavant étaient tenus de se raser, à moins qu'ils ne puissent transiger en offrant une gâterie[66].» Plusieurs éléments culturels du mode de vie des marins ont donc été intégrés à celui des voyageurs.

---

65. Voir Carolyn Podruchny, *op. cit.*, p. 55.

66. Gilles Havard, *op. cit.*, p. 366.

Le rôle initiatique du voyage est omniprésent dans leur quotidien. Le livre *Forestiers et voyageurs* (1863) de Joseph-Charles Taché présente une chanson qui fait partie d'un rituel d'initiation des jeunes canotiers.

LA RONDE DES VOYAGEURS

1re ronde
Le jeune voyageur :
Ce sont les voyageurs
Qui sont sur leur départ ;
Voyez-vous les bonn's gens
Venir sur les remparts ?
Sur l'air du tra, lal-déra :
Sur l'air du tra, lal-déra :
Sur l'air du tra-déri-déra,
Lal-déra !

Le vieux voyageur :
Mets d'la racine de patience
Dans ton gousset ;
Car tu verras venir ton corps
Joliment sec,
À force de nager toujours
Et de porter :
Car on n'a pas souvent l'crédit
D'se sentir reposer !

Le cœur de ronde :
Lève ton pied, ma jolie bergère !
Lève ton pied, légère !
Lève ton pied, ma jolie bergère !
Lève ton pied, légèrement !
[...][67]

Ces rites de passage marquaient l'intégration des hommes à une nouvelle fraternité de compagnons de travail et ressemblent à ceux pratiqués par les marins de toutes les nations, lors de la première traversée de l'équateur. Ils rappellent aussi les baptêmes des soldats et migrants français à leur arrivée en Nouvelle-France :

> Les habitants, cependant, avaient d'autres souvenirs de cette pratique, qui s'était très répandue chez les soldats canadiens-français du milieu du XVIIIe siècle, pour signaler les pointes aux baptêmes sur le fleuve Saint-Laurent entre Montréal et Québec. Les soldats « baptisaient » ceux qui arrivaient pour la première fois en vue d'un établissement de colons, à moins qu'ils ne donnent un « pourboire » pour échapper à la cérémonie[68].

Les similarités entre marins et voyageurs s'expliquent également par la culture maritime de certains coureurs des bois. Par exemple, plusieurs Acadiens ont participé à la traite de fourrure dans le Nord-Ouest[69]. C'est le cas de Joseph Landry, de Yamachiche au Québec, mais d'origine acadienne. Ses parents ont échappé au Grand Dérangement pour s'établir

---

67. Joseph-Charles Taché, *Forestiers et voyageurs*, Montréal, Éditions du Boréal, 2002, p. 153-156.
68. Carolyn Podruchny, *op. cit.*, p. 63.
69. Voir Claude Ferland, *Cadiens et voyageurs, Un parcours singulier au Pays d'en-Haut*, Québec, Les éditions GID, 2016.

autour du lac Saint-Pierre, sur les traces de plusieurs de leurs compatriotes. Après s'être engagé en tant que voyageur auprès de la Compagnie du Nord-Ouest, Landry s'est imposé comme l'un des meilleurs voyageurs, au point d'être nommé le gouvernail des expéditions d'Alexander MacKenzie vers l'Arctique et le Pacifique en 1789 et 1793. Initié très jeune à la navigation sur le lac Saint-Pierre par sa famille de tradition acadienne, il a navigué, par avirons et par voile, jusqu'aux limites extrêmes du continent.

En somme, pour les voyageurs, «le fait de chanter des chansons prit une place particulièrement importante en tant que moyen d'humaniser le lieu de travail. Chanter avait deux fonctions essentielles: donner le rythme du travail et créer un espace de plaisir et de créativité[70]». La pensée créative des Canadiens s'est manifestée de plusieurs façons, par exemple dans l'invention de nouveaux refrains pour accompagner des chansons anciennes d'origine européenne. Dans une moindre mesure, elle a aussi résulté en de nouvelles compositions décrivant leurs conditions de vie et leurs préoccupations.

Inscrite d'abord et avant tout dans l'héritage culturel européen, la chanson traditionnelle canadienne a aussi été influencée par les relations établies entre les coureurs des bois et les Premiers Peuples. Elle a ainsi gardé en mémoire les liens ambigus que les Français devenus Canayens puis Québécois ont développés avec les premiers occupants du territoire au fil des siècles.

---

70. Carolyn Podruchny, *op. cit.*, p. 85.

LES CHANSONS ET LES PREMIERS PEUPLES

Rien ne saurait mieux représenter les points de contact entre la chanson traditionnelle et les imaginaires des Premiers Peuples que la chanson «Nutshimit», composée par le groupe Bon Débarras à partir d'un texte de Joséphine Bacon[71]. *Nutshimit* désigne en innu-aimun l'intérieur des terres, la forêt boréale et les grandes rivières nordiques qui servaient de routes aux familles innues. Les mots de la poète s'enracinent dans le territoire, gardien du mode de vie des nomades. Ils sont portés par une mélodie et une instrumentation typiques de la musique traditionnelle québécoise, soit le violon, l'harmonica, la guitare et la podorythmie. La rencontre entre ces formes de mémoire traduit une vision du monde forgée par les échanges interculturels et linguistiques.

C'est dans cet esprit que la chanson a été présentée sur la scène principale du festival Mémoire et Racines à Joliette le 29 juillet 2022. En plus de réciter quelques poèmes, Joséphine Bacon a partagé avec le public des anecdotes du temps de son enfance. Elle a raconté les rassemblements des familles innues, de retour du *nutshimit* au début de l'été, qui échangeaient les nouvelles des derniers mois passés en forêt, écoutaient les *atanukan*[72] des anciens, jouaient de la musique, chantaient et dansaient. Le charisme de la poète, la force de ses mots, son humour, jumelés à la musique du groupe Bon Débarras, ont été le coup de cœur du festival pour nombre de spectateurs, qui ont accueilli cette proposition artistique avec respect et émotion.

Une autre collaboration récente à souligner est celle entre Shauit, reconnu pour ses rythmes reggaes entonnés en innu-aimun, et le chanteur Yves Lambert, une icône de la chanson traditionnelle québécoise et ancien membre du célèbre groupe La Bottine Souriante. Les deux artistes entremêlent les voix, langues et genres musicaux sur la pièce «Ka tapanashkutshet», qui signifie «celui qui fabrique le toboggan». La chanson rend hommage aux chasseurs nomades innus et à leurs longs

---

71. https://www.youtube.com/watch?v=fswAO9FFiGA.

72. Récits fondateurs innus.

déplacements hivernaux sur le territoire, en plein cœur du *nutshimit*. Pour composer la mélodie, Shauit s'est inspiré d'un air traditionnel de son peuple, qu'il avait entendu jouer au *teuikan*, le tambour innu, par l'aîné de Mani-Utenam Cyrille Fontaine. Le rythme lui a fait penser à la musique traditionnelle québécoise, notamment à des airs de violon et d'accordéon. Il a donc eu l'idée de contacter Yves Lambert pour chanter la pièce en duo, en innu-aimun et en français.

Ces collaborations entre musiciens québécois œuvrant dans l'univers de la musique traditionnelle et artistes innus font écho à l'initiative de Radio-Canada, qui avait rassemblé au micro de Franco Nuovo nul autre que Gilles Vigneault, Florent Vollant et Serge Bouchard[73]. Dans le cadre d'une émission spéciale du temps des fêtes de 2018, les trois hommes ont partagé leur amour de la Côte-Nord, de la mer, de la forêt. Les deux chanteurs sont bien sûr revenus sur leur réinterprétation commune de « Jack Monoloy », parue sur l'album *Retrouvailles* (2010) : « Jack Monoloy aimait une blanche / Jack Monoloy était indien. » Amusé par ses deux comparses, l'anthropologue en a profité pour parler de tous ces amours empêchés entre « Blanches » et « Indiens » en raison de la religion, du racisme, des tensions politiques.

Pendant l'émission, il a également été question d'une autre chanson écrite par le poète de Natashquan, « La queste du pays » (1976), dans laquelle Vigneault critique avec beaucoup d'ironie les relations entre Innus et Québécois. La chanson reprend un terme en vieux français (queste), met de l'avant une langue familière bien québécoise et propose un couplet en innu : voilà un métissage linguistique qui nous renvoie aux sources du Québec, de ses mémoires française et autochtone.

À propos de ce texte, Vigneault a confié pendant l'émission : « Mon intention en écrivant "La queste du pays", c'était de m'adresser

---

73. https://ici.radio-canada.ca/ohdio/premiere/emissions/les-fetes-et-rien-d-autre/segments/entrevue/53604/confessions-gilles-vigneault-serge-bouchard-florent-vollant-franco-nuovo. Les citations de la page suivante sont tirées du verbatim de l'émission.

surtout aux Innus pour leur dire que je reconnaissais non seulement leur langue, mais également leur existence et ce qui leur était arrivé comme civilisation.» Lorsque la chanson est parue, en 1976, Florent Vollant avait 16 ans. Entendre Vigneault chanter en innu a causé un choc à l'adolescent qui se remettait difficilement des années passées au pensionnat : « On pouvait très rarement entendre chanter en innu, et là je me suis dit : "Il y a [des gens] qui nous comprennent." » Pour Serge Bouchard, la main tendue par Vigneault à l'époque a été bienfaitrice pour les Innus, particulièrement pour la jeunesse : « Les jeunes Innus ont pu recevoir et comprendre le message de n'avoir pas peur d'être eux-mêmes.» Malheureusement, la chanson est restée méconnue du public québécois, signe que les préoccupations de la société d'alors ne recoupaient pas celles de la population innue, même quand elles étaient portées par le grand Gilles Vigneault.

1976, c'est l'année de la publication de l'essai d'An-Antane Kapesh, *Eukuan nin matshi-manitu innushkueu / Je suis une maudite Sauvagesse*. Dans cette œuvre, la première femme innue à avoir publié un livre pourfend le colonialisme québécois. On a souvent dit au sujet de la réception de l'œuvre de Kapesh que pendant les années 1970, les Québécois n'étaient pas prêts à entendre cette voix, occupés qu'ils étaient à l'élection d'un premier gouvernement indépendantiste et à la préparation du référendum de 1980. Dalie Giroux raconte dans *L'œil du maître* toutes les occasions d'alliance politique ratées à l'époque entre le gouvernement de René Lévesque et les représentants des Premières Nations et des Inuit. Elle relate entre autres qu'en 1978, le chef de la Fraternité des Indiens du Canada, devenu par la suite l'Assemblée des Premières Nations du Canada, avait contacté René Lévesque pour lui proposer son appui dans le cadre du projet de souveraineté-association. L'offre avait été déclinée par le Parti québécois, probablement parce que ses membres pensaient n'avoir rien à gagner à s'associer aux Premières Nations[74].

Vigneault, le patriarche de la chanson québécoise, a été plus visionnaire que son gouvernement avec « La queste du pays ». Les couplets qui s'entremêlent à des parties contées, la mélodie au violon, l'appel à la fraternité avec les Innus : à sa sortie en 1976, la chanson du poète de Natashquan semblait renvoyer au passé canadien, alors qu'en réalité, elle évoquait l'avenir de la société québécoise. Vigneault nous a pointé le chemin à suivre. La parole de Kapesh est enfin entendue, comme l'illustre la réception critique de la réédition de ses livres, menée par la romancière Naomi Fontaine[75]. De plus, les nombreuses collaborations des dernières années entre artistes des Premières Nations et québécois répondent à la question lancée par le chanteur il y a près de 50 ans : « Peux-tu me dire comment c'est faire / Pour trouver mon pays ? » Les projets communs incarnent sur le plan artistique ce qu'aurait pu donner une alliance politique entre Premières Nations et Québécois si le gouvernement péquiste avait accepté la main tendue par la Fraternité des Indiens du Canada. Qui sait ? Le pays rêvé par Vigneault ne correspond peut-être pas tant à l'indépendance du Québec, mais plutôt à l'avènement d'une nouvelle nation, fondée sur l'égalité et la solidarité entre les peuples qui la composent.

Cet échange entre Vigneault, Vollant et Bouchard, trois grands artistes et penseurs du territoire et de la mémoire, est magique. Il montre comment le regard humain embrasse large quand il se déleste de la peur de l'autre, de l'inconnu, de la différence. Ce message, au cœur de l'œuvre de Florent Vollant, ressort avec clarté dans son autobiographie, coécrite avec Justin Kingsley : *Ninanimishken / Je marche contre le vent* (2022). Dans ces pages, le chanteur innu revient sur son parcours et raconte notamment l'amitié qui le lie à ceux qu'il appelle « les trois Richard » :

---

74. Voir Dalie Giroux, *op. cit.*, p. 66-74.

75. http://memoiredencrier.com/an-antane-kapesh

Séguin, Desjardins et Zachary. Encore une fois, la musique fonde des échanges humains qui transcendent les appartenances ethniques ou linguistiques. Les chansons écrites et composées conjointement sont là pour le prouver, par exemple « Grain de nacre », dont le texte est de Zachary Richard, paru sur l'album *Katak* (2006), ou encore la chanson « Tout est lié » écrite par Richard Séguin et enregistrée sur l'album *Puamuna* (2015).

Les nombreuses collaborations entre Chloé Ste-Marie et Joséphine Bacon sont un autre exemple de ce phénomène, notamment le superbe album consacré à l'œuvre du chanteur innu Philippe McKenzie, *Nitshisseniten E tshissenitamin* (2009). Toutes les chansons sont chantées en innu-aimun par une Québécoise, qui a profité des enseignements de son amie pour rendre hommage en innu-aimun à celui qui est souvent considéré comme le « Bob Dylan des Innus ».

On peut aussi penser au texte de Richard Desjardins, « Moi, Elsie »[76], interprété par la chanteuse originaire de Salluit Elisapie Isaac, sur une musique de Pierre Lapointe. La chanson fait référence à un amour impossible entre une femme inuk et un travailleur québécois qui repart vers la ville. Les métaphores de Desjardins renvoient à tout ce qui sépare les communautés du nord et du sud du Québec. Cette division entre Québécois et Premiers Peuples n'est pourtant pas une fatalité, comme l'illustre l'interprétation incroyable qu'Elisapie propose du texte de Desjardins.

De plus, le dernier album de la chanteuse de Salluit, *The ballad of the runaway girl* (2018), se clôt sur un texte en français et en inuktitut, co-écrit par une Inuk, une Innue et une Québécoise. Elisapie, Natasha Kanapé Fontaine et Chloé Lacasse ouvrent une voie nouvelle pour les nations qui se partagent le territoire du Québec avec cette chanson qui rend hommage aux hommes des Premiers Peuples ayant tracé le

---

76. La chanson est parue sur l'album d'Elisapie, *There will be stars* (2009). Richard Desjardins a enregistré sa propre version en 2011, sur l'album *L'existoire*.

chemin des nomades. On peut dire qu'Elisapie est une habituée de longue date de ces collaborations alors que le premier et seul album du duo Taima, avec le musicien Alain Auger, offre une chanson écrite par Fred Pellerin, « Silence ».

Ces nombreux échanges entre artistes des Premières Nations et québécois – nous en oublions plusieurs et pas les moindres, par exemple Samian et Loco Locass avec la chanson « La paix des braves » – doivent-ils être envisagés comme un phénomène récent, ou s'inscrivent-ils dans la durée en prolongeant les échanges entre Français et Premiers Peuples à l'époque de la colonisation européenne du continent ? Cette rencontre sous le sceau de la poésie et des musiques traditionnelle et populaire est-elle ponctuelle, dépendante de la bonne volonté d'individus qui développent des liens d'amitié, ou s'enracine-t-elle dans les rapports historiques des échanges interculturels entre Canayens et Premières Nations ?

Dans son essai *Les Autochtones : la part effacée du Québec* (2020), l'anthropologue Gilles Bibeau plaide pour une histoire à parts égales du Québec, c'est-à-dire une historiographie qui se fonderait sur les sources écrites européennes, mais également sur les traditions orales des Premiers Peuples. On connaît, grâce aux journaux de voyage, la perspective de Cartier lors de son arrivée en Amérique. Par contre, comment a-t-il été perçu par les Iroquoiens du Saint-Laurent ? Et que dire des *Relations des Jésuites*, qui nous plongent au cœur de la culture wendat, mais à partir de la seule perspective européenne ? Comment les Wendat eux-mêmes ont-ils accueilli les missionnaires ? Quelles ont été leurs réactions, leurs réflexions, à l'égard de ces hommes en robes noires venus imposer la parole de leur Dieu ?

Selon Bibeau, faire la part égale des sources historiques écrites et des traditions orales autochtones permettrait de saisir avec plus d'acuité la trajectoire de la nation québécoise. Une telle démarche aurait le mérite de replacer les sources autochtones – et les visions du monde qu'elles supportent – au cœur de l'historiographie américaine. La proposition de Bibeau est stimulante, mais pourquoi s'arrêter en si bon chemin? Pourquoi ne pas interroger aussi la tradition orale canadienne-française, pour découvrir ce qu'elle nous dit – et surtout ce qu'elle nous cache – sur les relations historiques entre Français, Canadiens et Premiers Peuples? Après tout, l'évolution de la chanson québécoise, traditionnelle comme populaire, illustre à merveille que la musique permet de nouer des relations profondes entre artistes de différentes origines et langues.

Podruchny fait remarquer que tout comme les Premières Nations, et contrairement aux élites politiques et religieuses françaises, « les voyageurs canadiens-français venaient du monde de l'oralité où les systèmes de connaissances et de sens se transmettaient par l'intermédiaire de contes et de chansons[77] ». Ce répertoire, les voyageurs l'ont transporté jusqu'au cœur du continent, où il a été mis en contact avec les récits et les chants des Premiers Peuples.

La genèse de la culture canadienne repose en grande partie sur la rencontre entre la tradition française et les modes de vie des premiers occupants du territoire. Elle s'incarne dans son expression la plus aboutie par la nation Métis, née du mariage entre des femmes cries ou ojibwe avec des coureurs des bois canadiens. Les Métis se sont enracinés aux environs de la Rivière Rouge, au cœur de ce que l'on appelle les Prairies canadiennes. Leur tradition orale reflète la réelle proximité qui s'est développée entre les peuples, mais se trouve également marquée par les politiques coloniales qui ont défini la destinée de ces populations. Le répertoire de chansons des Métis garde donc en mémoire les rapprochements ainsi que les tensions qui ont traversé l'histoire des relations entre Canayens et Premiers Peuples.

---

77. *Ibid.*, p. 294.

Le canot d'écorce et les chants d'avirons qui rythmaient son utilisation chez les coureurs des bois constituent le symbole parfait du métissage culturel et matériel qui s'est développé pendant toute la période de la Nouvelle-France et qui s'est perpétué jusqu'au déclin du commerce de fourrures pendant le 19ᵉ siècle. Dans la préface de son ouvrage, Podruchny présente une tasse de canot bien singulière ayant appartenu à un coureur des bois canadien: le dos d'une tortue y est sculpté, et c'est la représentation du géant Atlas qui soutient la carapace. L'animal évoque évidemment l'Île de la Grande Tortue, qui désigne chez plusieurs nations le continent américain; quant à la figure d'Atlas, condamné par Zeus à porter les cieux sur son dos, elle renvoie à la mythologie grecque, un des fondements de la civilisation occidentale. À travers cet objet du quotidien qui permettait aux voyageurs de se désaltérer à même leur embarcation, on peut voir jusqu'à quel point les imaginaires autochtones et occidentaux se sont parfois imbriqués. Après la rencontre avec les premiers occupants du territoire, la vision du monde des voyageurs n'a plus jamais été la même.

À propos de ce métissage culturel, qui ne doit pas faire oublier le sentiment de supériorité morale et raciste que l'ensemble des Européens, y compris les Français, ont traîné en Amérique, Marius Barbeau relate l'anecdote suivante:

> En 1810, les chants d'avirons retentirent dans le port de New York à l'occasion du départ du bâtiment de Jacob Astor à destination de Fort Astoria, à l'embouchure du fleuve Columbia, sur la côte Ouest. Gabriel Franchère, un Canadien dirigeant l'escouade des voyageurs, rapporte qu'ils étaient sept voyageurs chantant en voguant, ce qui, joint à la vue d'un canot d'écorce, attira une foule sur les quais[78].

---

78. Marius Barbeau, *op. cit.*, p. 9.

Portés par les canots d'écorce des premiers occupants du territoire, les Canadiens ont portagé leurs chansons d'avirons partout en Amérique, de l'Atlantique au Pacifique, des confins du Yukon aux frontières du Mexique. Ce faisant, ils attiraient l'attention des notables et bourgeois, impressionnés par le mode de vie de ces hommes particuliers, qui fredonnaient de vieux airs français sur les canots d'écorce empruntés aux Premiers Peuples. Cette rencontre entre la tradition orale française et les cultures matérielles autochtones à travers les déplacements sur le territoire constitue sans contredit l'un des fondements de la culture canayenne.

Derrière ce métissage culturel, il faut souligner à gros traits la présence des compagnes autochtones des coureurs des bois. Il s'agit d'un aspect trop souvent occulté lorsqu'il est question du mode de vie des voyageurs: le rôle des femmes a été fondamental dans la constitution de la culture canadienne. Elles représentaient la clé d'adaptation au territoire, car elles connaissaient le pays, les ressources alimentaires, la culture matérielle, les moyens de transport[79]. Autrement dit, elles assuraient la survie. La force de ces femmes a souvent été oubliée ou méprisée et n'a pas laissé de traces évidentes dans le répertoire traditionnel canadien-français. Par contre, dans la musique populaire contemporaine, de magnifiques chansons de Richard Desjardins mettent en scène des femmes des Premiers Peuples. De «Akinisi» à «Migwetch» en passant par «Nataq»[80], ces textes parsèment l'œuvre du chanteur abitibien et comptent parmi les plus puissants de son répertoire.

Les femmes permettaient à leur mari canadien de s'intégrer aux relations diplomatiques familiales, au cœur de la vie sociopolitique des Premiers Peuples. Les coureurs des bois étaient souvent reçus avec

---

79. Voir Gilles Bibeau, *Les Autochtones. La part effacée du Québec*, Montréal, Mémoire d'encrier, 2020, p. 247.

80. Respectivement parus sur les albums *Les derniers humains* (1988), *L'existoire* (2011) et *Tu m'aimes-tu* (1990).

méfiance dans les villages ou les campements autochtones. Ils étaient considérés comme une nuisance, des êtres dépendants qui dérangeaient par leur présence bruyante et leurs nombreuses activités de chasse et de pêche. On les trouvait peu débrouillards, maladroits, têtus. Or, lorsqu'ils épousaient une fille ou une sœur, ils devenaient membres de la famille et participaient dès lors aux réseaux d'alliances familiales[81]. En outre, selon Bibeau, les enfants de ces unions « auraient été le plus souvent intégrés [...] dans les communautés autochtones, recevant tantôt le nom de leur mère, tantôt celui de leur père, où ils ont adopté des manières de "vivre à l'indienne"[82] ». La progéniture des coureurs des bois est donc autochtone et il s'avère difficile, voire impossible, d'établir la généalogie de ces enfants.

Un tel exemple rappelle l'ambiguïté qui a marqué les rencontres entre Canayens et Premiers Peuples: la méfiance et la raillerie d'une part, l'admiration ou l'idéalisation d'autre part. Certains coureurs des bois devenaient membres à part entière de la famille, d'autres étaient perçus comme des ennemis ; des alliances étaient créées, des conflits nombreux et fréquents survenaient ; des enfants naissaient, se voyaient naturellement intégrés à la communauté de leur mère sans connaître la culture et la langue de leur père.

Cela dit, les mariages entre voyageurs et femmes des Premières Nations ne dédouanent pas les violences sexuelles perpétrées par les explorateurs, les marchands, les colons et les soldats européens tout au long de la colonisation des Amériques. L'omniprésence de l'alcool et les conséquences néfastes qui l'accompagnent ne doivent pas être sous-estimées lorsque vient le temps d'aborder les relations entre les voyageurs canadiens et leurs compagnes des Premières Nations[83].

---

81. Voir Carolyn Podruchny, *op. cit.*, p. 222-233
82. Gilles Bibeau, *op. cit.*, p. 247.
83. Voir Chelsea Vowel, *Écrits autochtones*, Montréal, Varia, 2021, p. 209-210.

La tradition orale canadienne demeure marquée par ces contacts avec les premiers occupants du territoire, caractérisés par les mariages, les transferts culturels, les emprunts matériels réciproques, mais également les rivalités, les rapports de force inégaux et la violence. Podruchny avance l'hypothèse que le rythme de certaines chansons d'avirons françaises a été modifié au contact des chants des Premiers Peuples. Elle fait référence à des variantes dans les refrains qui reprenaient des sonorités autochtones, pratique à l'origine des « chansons farcies », soit des airs français modifiés au contact des langues des premiers occupants du territoire. Podruchny évoque également des veillées pendant lesquelles les violons se mêlaient au tambour au plus grand plaisir des danseurs[84].

Selon le chanteur et poète Nicolas Boulerice, également formateur pour le Conseil québécois de la musique ainsi que pour le Conseil québécois du patrimoine vivant, les rythmes que l'on retrouve aujourd'hui dans la podorythmie ainsi que certains phonèmes employés dans les turluttes ont été influencés par les langues et musiques des Premiers Peuples[85]. Et dans les archives du Centre d'histoire de Saint-Boniface, en plein cœur du territoire de la nation Métis, on retrouve une version en langue algonquienne de « La belle Françoise » (recueillie en 1969 par Henri Létourneau), une chanson issue du répertoire français devenue un incontournable de la tradition orale canadienne-française, popularisée notamment par le groupe franco-ontarien Garolou et classée par Barbeau parmi les chants de voyageurs.

Le métissage culturel perceptible dans certaines chansons traditionnelles canadiennes ne fait évidemment pas oublier le déséquilibre qui existait dans les relations socioéconomiques et culturelles entre Canadiens et Autochtones. Selon plusieurs chercheurs, les Premiers Peuples ont davantage intégré des éléments de la tradition orale

---

84. Voir Carolyn Podruchny, *op. cit.*, p. 109 et 174.
85. Voir Nicolas Boulerice, *op. cit.*

européenne à leurs récits et chansons que le contraire[86]. Marius Barbeau rapporte plusieurs exemples de fabliaux en français présents dans la tradition orale wendat[87] inculqués par les missionnaires et Jésuites. Il « a retrouvé dans les récits d'un grand nombre de nations amérindiennes du continent les contes médiévaux racontés autrefois par les coureurs des bois tandis qu'à l'inverse, les récits et les mythes amérindiens n'ont que peu pénétré le folklore canadien-français du Québec[88] ». Les linguistes Lynn Drapeau et Magalie Lachapelle avancent la même idée lorsqu'elles illustrent comment les Innus de Pessamit ont intégré dans leur tradition orale plusieurs contes du cycle de Ti-Jean, figure récurrente des formes orales européennes[89].

Ce déséquilibre existe encore, du moins si on se fie au roman *Shuni* (2019) de Naomi Fontaine dans lequel la romancière innue raconte qu'elle a d'abord été initiée aux œuvres de Gilles Vigneault et de Félix Leclerc avant que quelqu'un n'ose lui parler d'An-Antane Kapesh. Il est paradoxal de constater que le débat actuel sur l'appropriation culturelle s'inscrit dans ce rapport de force inégal en lien avec les emprunts culturels, mais à l'inverse. Au moment où certains milieux (enseignement, littérature, arts, etc.) de la société québécoise prennent enfin conscience de la valeur de l'histoire et des cultures des Premiers Peuples, plusieurs membres de ces derniers se sentent dépossédés d'éléments culturels fondateurs lorsque ceux-ci se trouvent « intégrés » dans l'imaginaire québécois sans qu'il n'y ait d'échanges entre les communautés. Entre ignorance et hommage plus ou moins intéressé, le déséquilibre lié aux transferts culturels se perpétue.

---

86. Voir Gilles Bibeau, *op. cit.*, p. 186-187.
87. Voir Marius Barbeau, *Le roi boit*, Ottawa, Musées nationaux du Canada, 1987, p. 587-593.
88. Denis Delâge, *Le pays renversé. Amérindiens et Européens en Amérique du Nord-Est 1600-1664*. Montréal, Éditions du Boréal, 1991, p. 40.
89. Voir Lynn Drapeau (dir.), *Les langues autochtones du Québec : un patrimoine en danger*, Québec, Presses de l'Université du Québec, 2011, p. 157-194.

Ce qui pose problème, ce n'est évidemment pas le désir de mettre en valeur la culture de l'autre, mais c'est de le faire sans qu'un réel dialogue ne soit établi. Dans le cas des Premières Nations et des Inuit, certains artistes québécois s'inspirent de ces cultures millénaires afin de pallier la pauvreté de leur propre conscience historique. Ce phénomène n'est pas répréhensible en soi, mais il débouche souvent sur un manque de reconnaissance de la valeur intrinsèque des cultures des Premiers Peuples ; il reproduit un comportement qui consiste à réduire les Premières Nations et les Inuit à des vecteurs d'américanité, à des sortes de faire-valoir pour des Euro-Américains en déficit d'identité et de mémoire. La controverse autour du spectacle *Kanata* de Robert Lepage en 2018 est révélatrice du fait que certains artistes des Premiers Peuples se sentent soit ignorés, soit « utilisés » par des artistes et penseurs québécois. À leurs yeux, leur travail se trouve réduit à des formes d'américanité qui ne servent qu'à inscrire les sociétés québécoise et canadienne dans la mémoire longue du continent, sans qu'il y ait un réel désir de nouer des relations basées sur le dialogue ou sur un processus créatif fait d'échanges, de partage, de réciprocité.

Pourtant, la culture et les arts prennent souvent racine dans les zones de friction des diverses communautés, aux endroits où l'on prend conscience de son identité au contact de l'altérité. Un projet comme celui de *Nikamu Mamuitun*[90] propose une voie de sortie au débat parfois stérile de l'appropriation culturelle. En plus d'être né d'une collaboration entre le festival Innu Nikamu et le Festival en chansons de Petite-Vallée, il découle d'un réel besoin de créer des réseaux d'échanges égalitaires entre jeunes artistes des Premières Nations et québécois. Florent Vollant a agi en tant que mentor auprès du groupe, accompagné par son ami Marc Déry. Ce dernier avait d'ailleurs enregistré sur son premier album solo paru en 1999 une chanson qui se voulait une déclaration d'amitié envers la nation innue, « Ninanu », texte au thème

---

90. https://nikamumamuitun.com/a-propos

avant-gardiste pour la fin des années 1990 alors que le souvenir douloureux de la Crise d'Oka était encore frais dans les mémoires.

Au-delà du déséquilibre lié aux emprunts culturels dans la vision du monde des coureurs des bois ou dans le débat contemporain de l'appropriation culturelle, tous deux révélateurs du rapport de force qui se jouait à l'époque entre les autorités coloniales françaises et les Premiers Peuples et qui se poursuit entre la société québécoise et les Premières Nations et les Inuit, les cultures autochtones sont de tout temps demeurées la valeur étalon pour l'enracinement en terres américaines. À l'époque des voyageurs, les premiers occupants du territoire suscitaient l'admiration et l'envie pour leur capacité à vivre dans les bois. Bibeau rapporte des extraits d'un rapport écrit par un inspecteur envoyé dans la colonie en 1672 à l'effet que les Canadiens, «lorsqu'ils ont goûté à la vie des bois chez les Sauvages, ne veulent plus labourer la terre, ni travailler mais mener une vie noble et libertine[91]». De son côté, Podruchny rapporte les paroles d'un vieux voyageur qui se vantait «qu'aucun chef indien n'a eu de meilleurs chevaux» que lui ou encore qu'il «bat tous les Indiens à la course». Aussi, les coureurs des bois essayaient de charmer les femmes autochtones en faisant valoir leur force physique, la vigueur de leur tempérament:

> Il se peut que les voyageurs aient caressé l'espoir d'impressionner les Amérindiennes du poste lorsqu'ils étaient à la recherche de partenaires ou d'épouses. Les équipages se donnaient en spectacle et arrivaient en chantant, ce qui ajoutait à leur image d'hommes capables d'arriver au bout d'un voyage en restant toujours frais et dispos[92].

---

91. Gilles Bibeau, *op. cit.*, p. 251.
92. Carolyn Podruchny, *op. cit.*, p. 65.

On voit que les voyageurs de la traite des fourrures s'appropriaient certains traits culturels et comportementaux des Premiers Peuples afin d'apprivoiser le territoire et de se mettre en valeur, ce qui est encore le cas de nos jours pour certains artistes québécois qui reproduisent cette dynamique sans même s'en rendre compte.

Quoi qu'il en soit, un puissant processus d'acculturation s'est produit à l'époque des coureurs des bois et a donné naissance à un nouveau mode de vie, qui a modifié à son tour la culture canadienne paysanne. En effet, lorsque les hommes revenaient de la traite des fourrures, ils racontaient avec fortes exagérations les aventures vécues en «territoire indien». Par leurs histoires, anecdotes et vantardises, ils influençaient la vision que les colons développaient du quotidien des Premiers Peuples: «On peut considérer les voyageurs comme des agents de la (nord) américanisation des colons français de la vallée du Saint-Laurent[93].» Un réel enracinement en Amérique survient donc à travers la culture des coureurs des bois, en même temps que se développe une perspective coloniale française à l'égard des populations des Premiers Peuples.

Le processus d'acculturation a été difficile à admettre pour l'élite canadienne-française, convaincue qu'elle était de la supériorité de la civilisation européenne. Serait-ce la raison pour laquelle les emprunts aux traditions orales des Premiers Peuples n'ont pas été relevés par les élites lettrées? S'il est complexe de répondre à cette question, force est de constater cet étrange paradoxe: dans la culture populaire canadienne, canadienne-française et même québécoise, on n'a eu de cesse de glorifier la figure du voyageur et de mettre en valeur plusieurs symboles culturels des Premiers Peuples, le canot d'écorce en tête de liste, tout en essayant par ailleurs d'occulter les influences profondes qu'ont exercées les populations autochtones sur les modes de vie des coureurs des bois et colons canadiens.

---

93. *Ibid.*, p. 297.

Certaines chansons des voyageurs résultent des croisements survenus entre la tradition française, le territoire américain et la rencontre avec les Premiers Peuples. Elles racontent en filigrane comment les Français devenus Canadiens se sont enracinés en Amérique, au gré des déplacements en canot d'écorce, de la mise sur pied d'un système économique dont le socle était la traite des fourrures et les relations avec les premiers occupants du territoire.

Deux types de chansons nous renseignent plus particulièrement sur l'influence exercée par les Premiers Peuples sur la tradition orale canadienne, soit les chansons historiques et littéraires. Les premières incluent des référents ou des personnages historiques précis et les secondes, malgré qu'elles aient été écrites et revendiquées par un auteur, sont passées dans le répertoire oral canadien. Si ces textes ne répondent pas tout à fait à l'idée que nous nous faisons de la chanson traditionnelle pour laquelle nous ne connaissons pas l'auteur, leur passage dans la tradition orale donne de précieux indices sur la mentalité populaire, surtout dans le cadre des relations ambiguës entretenues avec les Premiers Peuples.

Parmi les chansons historiques qui se sont transformées au contact des langues autochtones, la plus connue est sans doute « Tenaouiche Tenaga Ouich'ka ».

> 1. *C'était un vieux sauvage*
> *Tout noir, tout barbouilla,*
> *Ouich'ka!*
> *Avec sa vieill' couverte*
> *Et son sac à tabac,*
> *Ouich'ka!*
> *Ah! ah! tenaouich' tenaga,*
> *Tenaouich' tenaga, ouich'ka!*

2. *Avec sa vieill' couverte*
Et son sac à tabac,
Ton camarade est mort,
Est mort en enterra.

3. *Ton camarade est mort,*
Est mort en enterra.
C'est quatre vieux sauvages
Qui port'nt les coins du drap.

4. *C'est quatre vieux sauvages*
Qui port'nt les coins du drap.
Et deux vieill's sauvagesses
Qui chant'nt le libera.[94]

Cette version a un lien de parenté avec la chanson française «Malbrough s'en va-t'en-guerre», qui fait référence à John Churchill, premier duc de Marlborough, blessé lors de la bataille de Malplaquet, dans le Nord-Pas-de-Calais actuel, le 11 septembre 1709. Les Métis entonnaient d'ailleurs une version de «Malbrough s'en va-t-en-guerre» pour se donner du courage lors des escarmouches contre l'armée canadienne pendant les rébellions de 1870 et 1885[95]. Dans «Tenaouiche Tenaga Ouich'ka», on fait intervenir des personnages autochtones et le refrain s'apparente à une langue iroquoïenne, dont le sens se perd aujourd'hui étant donné que les paroles se sont transmises par l'oralité ou simplement parce qu'il s'agissait d'une imitation à l'oreille d'une langue autochtone.

Par ailleurs, le terme «sauvage» est représentatif du vocabulaire de l'époque. Avant le 19e siècle, le mot n'était pas connoté de façon péjorative.

---

94. Ernest Gagnon, *Chansons populaires du Canada*, Québec, Librairie Beauchemin Limitée, 1955, p. 124-126.
95. Voir Joseph Kinsey Howard, *L'Empire des Bois-Brûlés*, Winnipeg, Éditions des Plaines, 1989.

Ne disait-on pas pour annoncer la naissance d'un nouveau-né que « la sauvagesse est passée » ? L'expression existe encore dans la francophonie américaine ; nous l'avons entendue au Salon du livre de Sudbury et Bibeau en fait mention dans son ouvrage. L'anthropologue évoque différentes hypothèses pour expliquer l'origine de la formule, que ce soit le rôle de sage-femme joué par les femmes autochtones ou encore l'admiration que ces dernières suscitaient grâce à la facilité avec laquelle elles accouchaient, comparativement aux femmes européennes[96]. Dans la tradition orale canadienne, le terme « sauvage » est d'abord associé à un moment important de l'existence : la naissance d'un enfant. Il s'est transformé en insulte lorsque les descendants des coureurs des bois, devenus cultivateurs et sédentaires après la Conquête, craignaient de passer pour des « êtres inférieurs » aux yeux de la société dominante anglophone. Par conséquent, la part d'ensauvagement à la base de la culture canadienne s'est amenuisée à partir de ce moment jusqu'à être complètement reniée lors du passage à la modernité pendant la Révolution tranquille.

« Tenaouiche Tenaga Ouich'ka » évoque des coutumes autochtones et françaises à l'égard des funérailles. On chante le libera, tout en faisant référence à l'habitude d'enterrer les morts avec des objets qui leur sont chers – couverture et sac à tabac – afin que le défunt puisse poursuivre son existence en compagnie des esprits des ancêtres disparus. Une forme de syncrétisme religieux ressort de la chanson, syncrétisme que les autorités reconnaissaient d'emblée chez les Premiers Peuples comme symbole de la puissance de l'évangélisation européenne, mais qui était systématiquement tu par les mêmes élites quand il s'agissait d'en retrouver les traces dans la culture populaire canadienne.

Toujours dans le domaine du religieux, mais cette fois-ci du côté de la chanson littéraire, le texte « Jésus est né » propose un parcours

---

96. Voir Gilles Bibeau, *op. cit.*, p. 253.

singulier et illustre le lien culturel et colonial qui s'est développé entre les Canadiens et certaines nations autochtones.[97]

Le texte est une traduction de l'une des plus vieilles chansons composées au Canada, soit le premier cantique de Noël canadien. La mélodie proviendrait d'une version de la chanson « Une jeune pucelle », un air français du 16e siècle. Le texte aurait d'abord été écrit en langue wendat par le missionnaire Jean de Brébeuf vers 1641 alors qu'il tentait de convertir les populations de la baie Georgienne. On raconte aussi que la chanson appartiendrait plutôt à la tradition orale wendat et ses origines seraient difficiles à retracer. Il pourrait s'agir d'une adaptation du père Brébeuf d'un vieux chant wendat. Quoi qu'il en soit, la chanson, qui porte aussi le titre « Jesous Ahatonhia » et que l'on intitule parfois « Noël huron », transpose l'histoire de la Nativité dans le contexte américain afin de l'intégrer à la culture wendat. Après avoir voyagé dans la tradition orale pendant plus d'un siècle, elle a été recueillie par le père de Villeneuve (1747-1794) à Lorette, dans la communauté wendat installée près de la ville de Québec. C'est l'aîné Paul Tsawenhohi (dit Picard) qui l'a traduite en français. La chanson, dont l'air a été composé en Europe et le texte écrit dans la région des Grands Lacs, a voyagé jusqu'aux rives du Saint-Laurent, en passant du français à la langue wendat et vice-versa. La chanteuse Claire Pelletier en offre une interprétation en wendat et en français sur son album *Noël Nau* (2015).

L'album *Nipaiamianan* (2005) de Florent Vollant s'inscrit dans le prolongement de cette tradition, alors qu'il chante des cantiques de Noël en innu-aimun mêlés à des chants traditionnels innus. Il écrit dans le livret de l'album : « Ce que les Aînés et la nature m'ont laissé de plus beau, c'est cette lumière boréale du Nord. L'immensité du Nitassinan. Je suis allé vers les Aînés et ils m'ont inspiré ces chants qui font partie de la terre innue. [...] J'interprète ces chants en souvenir des nuits de lumière de mon enfance et de l'esprit du Nord qui m'habite encore. »

---

97. Voir version de Damien Robitaille, *Bientôt ce sera Noël*, Audiogram, 2019.

Plusieurs artistes québécois l'accompagnent, dont Richard Séguin et Zachary Richard. Ces derniers chantent notamment la prière «Tsishe manitu», que Séguin avait apprise lors de son séjour dans le *nutshimit* avec la famille Vollant[98]. Grâce à la vision artistique de Florent Vollant, des cantiques catholiques, interprétés en innu-aimun et arrangés à partir du battement du *teuikan*, se métamorphosent en la représentation parfaite du métissage culturel et linguistique qui survient sur le territoire quand l'esprit humain se libère, soulevé par la musique millénaire de l'humanité en partage.

Le répertoire de «La Côte du Détroit» permet de mieux comprendre l'impact qu'ont eu les relations entre les coureurs des bois et les Premiers Peuples sur l'évolution de la tradition orale canadienne. Les chansons de ce corpus font référence à la région des Grands Lacs où avaient été construits plusieurs postes de traite français. Elles renvoient aux liens socioéconomiques développés dans le cadre du commerce de la fourrure. La chanson «Les Mascoutens» illustre la méfiance qui a caractérisé les échanges entre Canadiens et Autochtones.

LES MASCOUTENS

Un sauvage chassant dans ces bois,
Ayant faim de manger du pain,
Dessur un Français il s'est en allé,
Tout épouvanté, disant: Sauve-toé.
Il lui a dans ces bois beaucoup d'Iroquois
Qui vont mettre à yâ-yor les Français.

---

[98]. Voir Florent Vollant et Justin Kingsley, *Ninamishken / Je marche contre le vent*, Montréal, Flammarion Québec, 2022, p. 179-181.

Bourdignon qui est un homm' sans façon,
l' dit: Camarades allons.
Tout en continuant vers le commandant,
Z-il s'est en allé, disant: Monsieur Roi,
Faites rassembler tous vos garnadiers,
Un homm' pour interpréter.
Aussitôt qu'le command'ment fut donné,
Tout à chacun fut rassemblé.
Et les sauvag's contents avec leur butin,
Ils s'en allaient tous, i' criaient: Ya oin!
Oh les Mascoutens patago malins,
Tous chargés de ce bon butin.[99]

À propos de « Les Mascoutens », Marcel Bénéteau écrit : « Dans cette chanson, sans doute fragmentaire, un groupe de Mascoutens emploie une ruse pour s'emparer du butin français. La tradition orale a même préservé quelques mots de langue amérindienne, entre autres *patago* : le suffixe *pata-* ou *bata* – la connotation de péché, de mal ou de dommage en langue algonquine[100]. » Malgré les contacts continus, les transferts culturels, les mariages, la chanson souligne la fragilité des liens de confiance entre les coureurs des bois et les premiers occupants du territoire.

Il existe plusieurs chansons littéraires ou de composition, intégrées à la tradition orale, qui relaient la peur qu'éprouvaient les Canadiens à l'égard des « Sauvages ». L'écriture étant le lot des élites, peut-on voir ici ressortir les préoccupations des autorités à l'égard de l'ensauvagement des Canadiens ? Fort probablement. Mais il ne faut pas non plus oublier que si ces chansons sont passées dans la tradition orale, c'est parce qu'elles étaient en phase avec l'inconscient collectif

---

99. Marcel Bénéteau, « La chanson traditionnelle du Détroit », *Mnémo,* vol. 5, n° 3, 2001 : Centre Mnémo (mnemo.qc.ca).

100. *Ibid.*

de la population dans lequel la méfiance et la peur de «l'étranger», voire le racisme, étaient bien réelles. Ces chansons s'apparentent à la catégorie littéraire des «récits de captivité» ou «captivité indienne», un sous-genre que l'on retrouve partout en Amérique et qui colporte la crainte de l'Autochtone, cristallisée dans la menace de l'enlèvement[101]. Ainsi, dans le roman *Les Anciens Canadiens* (1863), l'un des personnages relate son enlèvement aux mains des Iroquois et sa libération par son père et son oncle, décrits comme de véritables héros[102].

«La complainte de Cadieux» témoigne de ce choc culturel et relaie la méfiance qui existait entre les Français et les Iroquois.

LA COMPLAINTE DE CADIEUX

Petit-Rocher de la Haute Montagne
Je viens finir ici cette campagne!
Ah! doux échos, entendez mes soupirs,
En languissant, je vais bientôt mourir!
[...]
Seul en ces bois que j'ai eu de soucis,
Pensant toujours à mes si chers amis;
Je demandais: Hélas! sont-ils noyés?
Les Iroquois les auraient-ils tués?

Un de ces jours que m'étant éloigné,
En revenant je vis une fumée;
Je me suis dit: Ah! Grand Dieu! Qu'est ceci?
Les Iroquois m'ont-ils pris mon logis?[103]

---

101. Voir Rita Olivieri-Godet, *L'altérité amérindienne dans la fiction contemporaine des Amériques*, Québec, Presses de l'Université Laval, 2015.

102. Voir Philippe Aubert de Gaspé, *Les Anciens Canadiens*, Montréal, Fides, 1864, p. 79-80.

103. Joseph-Charles Taché, *op. cit.*, p. 174.

Les Iroquois ont beaucoup joué le rôle des «Méchants» dans la tradition orale canadienne. En effet, le danger et la menace sont souvent représentés par les nations qui s'opposaient aux Français et à leurs alliés autochtones. Selon Bibeau, «[i]l y eut un effet pervers à cette représentation de "l'Indien guerrier" reprise, amplifiée [...] par les historiens cléricaux imbus de la pensée ultramontaine et par les idéologues conservateurs du Canada français[104]». Cette perspective historique se prolonge aujourd'hui dans les relations difficiles entre la société québécoise et les Kanien'kehà: ka. On pourrait d'ailleurs se questionner sur l'impact que ces perceptions négatives ont pu avoir lors des événements de la Crise d'Oka en 1990[105].

Un loup hurlant vint près de ma cabane
Voir si mon feu n'avait plus de boucane;
Je lui ai dit: Retire-toi d'ici;
Car, par ma foi, je perc'rai ton habit!

Un noir corbeau, volant à l'aventure,
Vient se percher tout près de ma toiture;
Je lui ai dit: Mangeur de chair' humaine,
Va-t'en chercher autre viande que mienne.

Va-t'en là-bas, dans ces bois et marais,
Tu trouveras plusieurs corps iroquois;
Tu trouveras des chairs aussi des os;
Va-t'en plus loin laisse-moi en repos!

---

104. Gilles Bibeau, *op. cit.*, p. 112.
105. Voir Serge Bouchard et Marie-Christine Lévesque, *Ils étaient l'Amérique. T. 3: De remarquables oubliés*. Montréal, Lux Éditeur, 2022, p. 167.

La représentation du loup et du corbeau dans la chanson est particulière. Elle illustre les différences culturelles entre les Canadiens et les Premiers Peuples. Les animaux incarnent des menaces desquelles il faut se protéger, alors qu'ils sont plutôt des esprits protecteurs chez les Premières Nations et les Inuit. Ainsi, chez les Inuit, le corbeau est associé à la lumière, au jour, à l'intelligence, alors que la chanson l'associe à la mort.

Dans le même ordre d'idées, la chanson « La plainte du coureur de bois » met l'accent sur le sentiment du voyageur qui se sent étranger en pays indien.

LA PLAINTE DU COUREUR DE BOIS

Le six de mai l'année dernière,
Là-haut j'suis engagé (bis)
Pour faire un long voyage ;
Aller aux pays hauts
Parmi tous les Sauvages
[...]

Qui a fait la chanson
C'était trois jeunes garçons.
C'est en hissant les voiles,
La chantant tout au long.
Elle est bien véritable,
Adieu ! méchant pays,
Adieu ! tous les Sauvages,
Adieu ! les grandes misères.[106]

---

106. Madeleine Béland, *op. cit.*, p. 139-140.

Le voyageur chante l'ennui et se plaint des misères qu'il doit endurer, comme dans plusieurs chansons d'avirons et de bûcherons. Contrairement à la chanson «Tenaouiche Tenaga Ouich'ka», le terme «Sauvages» est connoté de façon péjorative et mis en parallèle avec «les grandes misères». Un changement est donc survenu dans l'imaginaire collectif canadien à l'égard des Premiers Peuples, surtout après la Conquête et le développement de l'industrie forestière tout au long des 19e et 20e siècles.

La chanson «Le canotier» de l'abbé Henri-Raymond Casgrain, composée en 1869, regroupe aussi un ensemble de symboles qui lient le voyageur à la culture autochtone. Or, si l'énonciateur est attaché à son canot d'écorce, il craint tout de même les «guerriers farouches».

LE CANOTIER

Assis dans mon canot d'écorce,
Prompt comme la flèche ou le vent,
Seul, je brave toute la force
Des rapides du Saint-Laurent.

C'est mon compagnon de voyage;
Et quand la clarté du jour fuit,
Je le renverse sur la plage :
C'est ma cabane pour la nuit.
[...]

Ses flancs sont faits d'écorces fines
Que je prends sur le bouleau blanc ;
Les coutures sont de racines,
Et les avirons de bois franc.
[...]

EN MONTANT LA RIVIÈRE

Près de mon ombre, son image
Toujours m'apparaît sur les eaux,
Et quand il faut faire portage,
Je le transporte sur mon dos.
[...]

Mon existence est vagabonde :
Je suis le Juif errant des eaux ;
Mais en jouissance elle abonde ;
Les villages sont des tombeaux[107].

J'ai parcouru toutes les plages
Des Grands Lacs et du Saint-Laurent ;
Je connais leurs tribus sauvages
Et leur langage différent.

J'ai vu plus d'un guerrier farouche
Scalper ses prisonniers mourants,
Et du bûcher l'ardente couche
Consumer leurs membres sanglants[108].

J'étais enfant quand la flottille
Des Montagnais vint m'enlever.
Je ne verrai plus ma famille ;
Ma mère est morte à me pleurer !

---

107. Couplet absent de la tradition orale.
108. Couplet absent de la tradition orale.

> *Quand viendra mon dernier voyage,*
> *Si je meurs au fond du flot,*
> *Sur ma tombe, près du rivage,*
> *Vous renverserez mon canot.*[109]

Les couplets qui mettent en scène les comportements violents des Autochtones ont été modifiés ou n'ont pas été retenus dans la tradition orale. Est-ce une forme de censure ou bien une idéalisation par le peuple de la figure de l'Autochtone qu'on veut positionner comme le proche allié du voyageur? Les lettrés, de leur côté, ont surligné à maintes reprises la «supposée» cruauté des premiers occupants du territoire tout en faisant abstraction de la violence des Français. Par exemple, l'histoire officielle du Québec n'a jamais retenu le sort réservé aux enfants du chef iroquoïen Donnacona, Taignoagny et Domagaya, kidnappés par Cartier et ramenés en France[110].

C'est ironique de constater ce dont on se souvient et ce que l'on passe sous silence; les «oublis» de l'histoire officielle deviennent encore plus douteux lorsque l'on prend conscience que la tradition orale, elle, a gardé en mémoire ces rapts perpétrés par les Français. En effet, dans un conte intitulé «Le Vaisseau fantôme», on fait mention de l'enlèvement de membres des Premières Nations, soûlés au rhum par les Français avant d'être emmenés en Europe et vendus en tant qu'esclaves. Lorsque le bateau est revenu en Amérique l'année suivante, il a été incendié par des flèches enflammées. On raconte

---

109. Henri-Raymond Casgrain, *Œuvres complètes*, Québec, C. Darveau, 1875, p. 56-57.

110. Voir Jocelyn Sioui, *Mononk Jules*, Wendake, Éditions Hannenorak, 2020, p. 23-31; Georges Sioui, «Le racisme est nouveau en Amérique», *Écrire contre le racisme: Le pouvoir de l'art* (Chagnon, Alain dir.), Montréal, Les 400 coups, 2002, p. 20-22, et Serge Bouchard et Marie-Christine Lévesque, *op. cit.*, p. 76-77.

qu'il brûle encore et que les pêcheurs l'aperçoivent parfois, à la veille d'une tempête[111].

La prudence, voire la crainte, qui a caractérisé les relations entre les Canadiens et les Premiers Peuples nous prévient du piège de les idéaliser et de participer au mythe du « gentil colonisateur français » quand on le compare aux Britanniques, Espagnols et Portugais. Cela dit, force est d'admettre que le répertoire de la nation Métis montre que les échanges entre Canadiens et Premiers Peuples ont été nombreux, continus et importants. Ainsi, « La Montagne Tortue Ki-ka-itohtâ-nân » est une chanson dont l'esprit est empreint des cultures autochtones.

LA MONTAGNE TORTUE KI-KA-ITOHTÂ-NÂN

La Montagne Tortue ki-ka-itohtâ-nân
En charrette ki-ka-itotâpaso-nân
La viande pilee ki-ka-mîciso-nân
L'écorce de bouleau ki-ka-misâho-nân
[Nous allons à la montagne Tortue / Nous allons à la rivière Rouge en charrette / Nous portons des mocassins / Nous mangeons du pemmican / Nous nous essuyons avec des écorces de bouleau.][112]

On fait bien sûr référence ici à l'Île de la Grande Tortue et la langue utilisée est le mitchif. Plusieurs référents naturels et culturels – écorce de bouleau, mocassins, pemmican – évoquent l'univers des Premiers Peuples. Ce texte plonge dans la culture métisse et fait entendre la

---

111. Voir Jean-Claude Dupont, *Légendes du Saint-Laurent II — De l'Île-aux-Coudres à l'Île d'Anticosti*, Bibliothèque Nationale du Québec, 1985, p. 49.

112. John Gosselin, Lebret, Sask. 1990 ; Collection SMEA.

langue de la nation, construite à partir de substantifs français et de syntaxe crie comme l'illustre bien « La Montagne Tortue ki-ka-itohtâ-nân ». La chanson suivante est pour le moins intrigante. On y retrouve un personnage et des références autochtones, mais elle semble être issue d'une vieille chanson de marins.

JE SUIS DU BORD DE L'OHIO

Je suis du bord de l'Ohio
Disait une brave sauvagesse
Ma joie c'est d'avoir un canot
De le guider avec adresse
Du fond des bois et sur ces eaux
Je chante et je vais à propos

Tou ratatou ratatou ratatoura (bis)
J'ai le courage pour noblesse ma prouesse (bis)

Quand la tempête gronde fort
Que le vent fait plier ma voile
Ô gaiement je quitte le port
Pour une aventure nouvelle
Que de fois j'affronte la mort
Et toujours refuse mon sort

Tou ratatou ratatou ratatoura (bis)
J'ai le courage pour noblesse ma prouesse (bis)

> *J'espère qu'un jour de sur ces eaux*
> *Je vais finir ma carrière*
> *Pour m'assurer ce doux repos*
> *Je fais souvent cette prière*
> *Que l'onde soit mon seul tombeau*
> *Je veux mourir dans mon vaisseau.*[113]

Le glissement entre canot et vaisseau se fait naturellement au fil des couplets, ce qui entraîne certaines ruptures logiques. Il est fort questionnable qu'un port ait été érigé « sur le bord de l'Ohio » et tout porte à croire que la « brave sauvagesse » n'a « aucune carrière à terminer ». On se retrouve ici au cœur de la liberté inhérente à la tradition orale, qui entremêle différentes versions, modifie des couplets au gré des réalités géographiques ou historiques, hésite entre deux mensonges. D'ailleurs, la focalisation qui adopte la perspective de la « sauvagesse » représente un puissant signe d'altérité. Il est remarquable que la vision du monde d'une telle femme se soit surimposée à celle d'un marin européen, comme il est étonnant de constater que les couplets qui traitent de navigation se rapprochent du texte « La mer est belle », célèbre chanson acadienne qui viendrait d'une chanson française du début du 19ᵉ siècle.

> *Partons, la mer est belle;*
> *Embarquons-nous, pêcheurs.*
> *Guidons notre nacelle,*
> *Ramons avec ardeur.*
> *Aux mâts hissons les voiles,*
> *Le ciel est pur et beau;*
> *Je vois briller l'étoile*
> *Qui guide les matelots!*

---

113. « La sauvagesse », chantée par Alphonse Morneau de Saint-Siméon dans Charlevoix: Fonds Luc Lacourcière, AFEUL.

Ainsi chantait mon père
Lorsqu'il quitta le port.
Il ne s'attendait guère
À y trouver la mort.
Par les vents, par l'orage
Il fut surpris soudain;
Et d'un cruel naufrage
Il subit le destin.
[...]

Une autre version de « Je suis du bord de l'Ohio », celle-ci collectée au Manitoba, semble avoir été modelée par la tradition orale métisse. Le mélange entre la chanson de marins et les nombreux référents autochtones (sauvagesse, canot, Grand Manitou, etc.) est fascinant : il dénote la rencontre entre deux univers, l'un maritime et l'autre qui se trouve en plein cœur du continent américain.

JE SUIS DU BORD DE L'OHIO

Je suis du bord de l'Ohio
J'ai le courage pour noblesse
Ma joie c'est d'être à mon canot
De le guider avec adresse
Ma joie c'est la pêche et la chasse
Enfin, je suis sauvagesse
Tou ratatou ratatou ratatoura (bis)
J'ai le courage pour noblesse mes prouesses

Mon père s'appelait Ritou
Ma mère Rita la sorcière
Ils furent tous deux de bons époux
Et moururent enfants de lumière
Inspirés du Grand Manitou
Ils me nommèrent la Marinière
Tou ratatou ratatou ratatoura (bis)
J'ai le courage pour noblesse mes prouesses

Quand la tempête éclate fort
Quand le vent fait plier ma voile
Qu'il est doux de quitter le port
De s'aventurer en nacelle
La foudre n'est qu'un tendre éclat
Et l'éclair m'est bien nécessaire
Tou ratatou ratatou ratatoura (bis)
J'ai le courage pour noblesse mes prouesses

Et lorsque le Grand Manitou
Me rappellera de la terre
Et lorsque j'aurai pour toujours
Fermé mes yeux à la lumière
Je veux mourir dans mon canot
Que les ondes soient mon tombeau
Tou ratatou ratatou ratatoura (bis)
J'ai le courage pour noblesse mes prouesses.[114]

La culture métisse est évidemment révélatrice du choc initié par la rencontre entre les civilisations occidentale et autochtones. Un chant de marins s'est enraciné dans les Prairies et s'est transformé en une

---

114. Archives CEFCO/Cahier Sœur Marie de Lourdes Marcoux.

chanson spirituelle célébrant le canot d'écorce et le Grand Manitou. Et aujourd'hui encore, il est porté par la tradition orale et chanté par de nouvelles générations. Toujours dans le répertoire Métis, il existe plusieurs chansons littéraires qui louent la résistance de ce peuple. Pierre Falcon (1793-1876), surnommé le barde populaire des Métis, a célébré en chansons les moments glorieux des siens dès les années 1810. Elles ont été portées par la tradition orale et publiées pour la première fois par Hubert La Rue en 1863. Grâce au travail de collectage, l'œuvre de Falcon a été considérablement amplifiée et le chanteur est devenu un personnage de légende. Le spécialiste Jacques Julien qualifie l'œuvre de Falcon de « détournement littéraire d'une tradition orale[115] ». Sa chanson la plus connue est « La Grenouillère », qui immortalise la victoire des Métis sur les hommes de la Compagnie de la Baie d'Hudson en 1816.

Voulez-vous écouter chanter
Une chanson de vérité?
Le dix-neuf de juin, la band' des Bois-Brûlés
Sont arrivés comm' des braves guerriers.

En arrivant à la Grenouillère
Nous avons fait trois prisonniers;
Trois prisonniers des Arkanys
Qui sont ici pour piller not' pays
[...]
Si vous aviez vu tous ces Anglais
Et tous ces Bois-Brûlés après
De butte en butte les Anglais culbutaient.
Les Bois-Brûlés jetaient des cris de joie.

---

115. Jacques Julien et Pierre Falcon : « Le détournement littéraire d'une tradition orale », Première partie, isidore.science.

Qui a composé la chanson
Pierre Falcon, poète du canton.
Elle a été faite et composée
Sur la victoire que nous avons gagnée.
Elle a été faite et composée
Chantons la gloire de tous les Bois-Brûlés.[116]

Les chansons de Pierre Falcon ont joué un rôle essentiel dans la prise de conscience d'une identité Métis commune. C'est vrai aussi pour la chanson suivante, qui aurait été inspirée par une complainte écrite par Louis Riel lui-même alors qu'il se trouvait en prison.

LA CHANSON DE LOUIS RIEL (1885)
SUR LE CHAMP DE BATAILLE (*LOUIS RIEL'S SONG*)

Sur le champ de bataille,
Qu'est un champ de douleur.
On voit que c'est mitrailles,
Ça fait frémir le cœur.
[...]
Mourir, faut mourir,
Chacun aura son tour.
J'aime mieux mourir en grève
Faut tous mourir un jour.[117]

L'écho du texte de Riel se prolonge jusqu'à aujourd'hui à travers la chanson « La cloche de Batoche » (2013), de Zachary Richard. L'artiste

---

116. *Au pays des Bois-Brûlés*, Cahier-souvenir du spectacle folklorique, février 1977, Collège universitaire de Saint-Boniface.

117. http://www.metismuseum.ca/media/document.php/03146.
MetisSongsVisitingWasTheMetisWay.pdf

cajun puise dans l'histoire de la Franco-Amérique, c'est-à-dire le récit du vol de la cloche par l'armée canadienne en 1885 qui se battait contre la résistance Métis et le symbole de renouveau lorsqu'elle a été enfin retrouvée au début des années 2000. Ce faisant, il se réclame de l'héritage du chef métis.

Le tonnerre grogne pour appeler ses enfants
N'oublions pas, mes frères, qui nous sommes
Le feu va brûler partout sur la prairie
La cloche de Batoche va sonner cette nuit.

Un couplet en mitchif est également intégré au texte :
Si mwai l'enfant, l'enfant dju tonnerre
Ni dans la fissure ente l'ciel pi la terre
Si mwai li boss, parsonne y'm djit qwai faire
Jy chasse, jy guide au rythme dis saisons.

La tradition de chanter l'esprit rebelle des Métis s'est perpétuée, de Pierre Falcon à Zachary Richard en passant par Louis Riel. Elle est devenue une façon de lutter contre l'oubli historique de la présence Métis sur le continent.

Terminons par un bref détour du côté des contes et légendes. Au même titre que les chansons, les récits oraux des Premiers Peuples n'ont pas été intégrés comme tels à la tradition canadienne. Par contre, plusieurs référents autochtones se sont greffés aux contes et légendes canadiens. L'exemple le plus probant est sans contredit le récit de la chasse-galerie, si populaire au Québec. Le prototype proviendrait de la région du Poitou en France. La version canadienne a emprunté un canot d'écorce aux Premiers Peuples pour le faire voler dans le ciel. Des chasseurs en fête se déplaçant dans le firmament sont donc devenus en

Amérique des voyageurs ou ultérieurement des bûcherons volant en canot pour aller voir leur blonde. La Bottine Souriante en a d'ailleurs fait une chanson, dont le texte est signé par l'auteur-compositeur-interprète Michel Rivard.

Les contes folkloriques des colons se sont également enrichis d'épisodes empruntés soit à l'histoire des interactions avec les Premiers Peuples, soit aux récits de ces derniers. Dupont présente plusieurs légendes associées à des lieux particuliers de la vallée du Saint-Laurent[118]. La façon dont on a intégré les cultures des Premiers Peuples dans la tradition orale canadienne a évidemment été teintée par l'élite lettrée. L'abbé Casgrain écrit dans sa préface du livre *Légendes canadiennes* (1861) que la « Légende de la jongleuse » « retrace un de ces actes d'atrocité incroyable que les Sauvages d'Amérique commirent si souvent contre les Pionniers de la Foi et de la Civilisation, et qui semblent avoir attiré sur toutes les races indiennes cette malédiction qui plane encore sur leur tête[119] ». Que cette malédiction soit le colonialisme européen ne semble pas avoir effleuré l'esprit de l'abbé. Quoi qu'il en soit, son texte de présentation illustre le rôle joué par les autorités religieuses dans le détournement de sens qui s'est opéré lors du passage de la tradition orale à l'écriture en ce qui concerne la place des Premiers Peuples dans le développement de la culture canadienne.

Plus de 100 ans après l'abbé Casgrain, l'ethnologue Robert Lalonde a bien essayé de prendre à contrepied les écrits des élites religieuses en montrant comment les traditions orales canadiennes et autochtones s'enracinaient dans le territoire. Son ouvrage *Les contes du portage* (1973) regroupe des contes ojibwe et canadiens issus des voyageurs et des bûcherons, bref des communautés qui se sont formées sur les flots des

---

118. Voir Jean-Claude Dupont, *op. cit.*.
119. Henri-Raymond Casgrain, *Légendes canadiennes*, Québec, Atelier typographique de J.T. Brousseau, 1861, p. 10.

rivières, en canot d'écorce. Malheureusement, ce qui s'est inscrit dans la culture populaire au tournant du 20ᵉ siècle, c'est l'idée du Barbare, du « Maudit Sauvage » sans culture ni religion, qui s'est perpétuée jusqu'à aujourd'hui. On en est venu à oublier la valeur de la rencontre entre les peuples, même si Gilles Vigneault, encore lui, nous le rappelle si souvent dans ses textes : « C'était quelque part sur le sable / Rêvant d'un fleuve intarissable / D'argent, d'or et de diamant / Alors que nous était offerte / La plus grande des découvertes / L'homme semblable et différent. » Une version de cette chanson, « La découverte », a été enregistrée en compagnie des membres des Charbonniers de l'enfer et se retrouve sur l'album *La sacrée rencontre* (2007). Les chansons de Vigneault y sont réarrangées dans l'esprit du groupe marquant de la musique traditionnelle québécoise des dernières décennies, reconnu pour ses harmonies vocales et la qualité de la podorythmie.

Au-delà de ce qui se retrouve ou non dans les chansons traditionnelles, les relations avec les premiers occupants du territoire sont sans contredit à l'origine de la figure du voyageur. Celle-ci a de tout temps occupé une place centrale dans la culture canadienne-française et québécoise, mais aussi dans la Franco-Amérique. Zachary Richard lui a consacré une chanson, « Pagayez », parue sur l'album *Un cœur fidèle* (2012).

> *Pagayez chers camarades, pagayez*
> *Encore loin pour faire la fin de la journée*
> *J'suis voyageur des eaux et coureur des bois*
> *Depuis l'nord Manitoba aux Illinois*
> *J'connais toutes les rivières, tous les ruisseaux*
> *Depuis l'île d'Orléans, jusqu'à la terre haute.*

Peu à peu, à mesure que la culture canadienne s'est enracinée dans le territoire américain au gré des voyages de bassin versant en bassin versant, la figure du bûcheron s'est substituée à celle des coureurs des bois et l'influence culturelle – pourtant fondatrice – des Premiers

Peuples s'est vue diminuer jusqu'à être complètement oubliée ou niée au cours des 19ᵉ et 20ᵉ siècles.

LES CHANSONS DE BÛCHERONS

Les voyageurs canadiens ont forgé leur légende en parcourant l'Amérique à la rencontre des premiers occupants du territoire avec sur les lèvres des airs anciens venus de France, qu'ils ont transformés au contact du territoire de l'Île de la Grande Tortue et des nations qui y vivaient. Leur mode de vie a eu une influence considérable sur la culture et la tradition orale des communautés francophones qui se sont formées en Amérique ; leur impact a également été très fort dans la vallée du Saint-Laurent d'où ils étaient pour la plupart originaires. Si plusieurs voyageurs se sont intégrés aux communautés autochtones ou sont devenus des hommes libres dans les vastes espaces de l'ouest et du nord-ouest, la majorité rentraient au pays à la fin de la saison de traite et s'établissaient au Bas-Canada à la suite de leur carrière de voyageur. Ils ont transmis à leurs descendants une tradition orale empreinte de la mémoire des déplacements sur le continent américain, des échanges entre les imaginaires français et autochtones, mais également influencée par les cultures des marchands écossais et britanniques.

Le commerce de la traite a fortement décliné au cours de la première moitié du 19e siècle, remplacé par l'industrie forestière. À partir de 1806, l'Angleterre a établi un tarif préférentiel pour le bois provenant de ses colonies en raison du blocus continental de Napoléon Bonaparte. Les enfants des coureurs des bois sont alors devenus agriculteurs et ils passaient l'hiver à bûcher dans les chantiers. Peu à peu, la figure du canotier a laissé place à celle du forestier dans l'imaginaire collectif. Des thèmes tels que l'ennui et la nostalgie ainsi que des valeurs associées à la vitalité physique, au courage, à la liberté ont glissé des chansons de coureurs des bois à celles des bûcherons[120].

À la suite du déclin du commerce des fourrures, plusieurs voyageurs ont continué de remonter les réseaux hydrographiques, notamment la rivière des Outaouais, pour se rendre dans les Pays d'en

---

120. Voir Jack Warwick, *L'appel du Nord dans la littérature canadienne-française*, Montréal, Hurtubise HMH, 1972, p. 50.

haut, mais cette fois pour y couper le pin blanc et le chêne qui ont servi à bâtir les navires de l'Empire britannique. Le terme voyageur, encore utilisé dans la culture populaire de l'époque, a commencé à désigner les travailleurs forestiers: bûcherons, draveurs et cageux. Ces derniers étaient responsables de faire descendre avec le courant des trains de bois, que l'on appelait cages, sur les grandes rivières ou sur le fleuve Saint-Laurent. Le mode de vie de ces hommes a été propice à la transmission orale, contes et chants étant les seules façons d'égayer les longues soirées d'hiver. On disait d'ailleurs que les deux personnes les plus importantes du camp étaient le cuisinier et le conteur. Le premier nourrissait les hommes et le second prenait soin de leur humeur. La tradition orale était bien vivante dans ces communautés de travailleurs, vivant une partie de l'année à l'écart du reste de la société.

La chanson « Le chrétien qui se détermine à voyager », dont Michel Faubert propose une version sur son album *L'écho des bois* (1997), illustre ce passage des canotiers aux forestiers. Les mêmes thèmes de la misère des voyages sont mis en valeur et adaptés à la réalité des bûcherons. Voici d'abord la version du coureur des bois.

LE CHRÉTIEN QUI SE DÉTERMINE À VOYAGER

Quand un chrétien se détermine à voyager,
Faut bien penser qu'il se destine à des dangers.
Mille fois à ses yeux la mort, par son image,
Mille fois il maudit son sort dans le cours du voyage.

Ami, veux-tu voyager sur l'onde de tous les vents?
Les flots et la tempête grondent cruellement.
Les vagues changent tous les jours, et il est écrit:
Que l'image de ton retour est l'image de ta vie.[121]

---

121. Hubert La Rue, *Foyer canadien*, Québec, vol. 1, 1863, p. 372-373

Elle a probablement été inspirée d'une chanson de marins, comme le laissent présager les allusions aux grands vents, aux tempêtes, aux vagues. Mais plus on avance dans le texte, plus il réfère aux réalités des coureurs des bois : forêts, portages, insectes, etc.

Quand tu seras sur ces traverses, pauvre affligé,
Un coup de vent vient qui t'exerce avec danger.
Prenant et poussant ton aviron contre la lame,
Tu es ici près du démon, qui guette ta pauvre âme.

Quand tu seras sur le rivage, las de nager,
Si tu veux faire un bon usage de ce danger,
Va prier Dieu dévotement, avec Marie.
Mais promets-lui sincèrement de réformer ta vie.

Si, le soir, l'essaim de mouches pique trop fort,
Dans un berceau tu te couches, pense à la mort
Apprends que ce petit berceau te fait comprendre
Que c'est l'image du tombeau, où ton corps doit se rendre.

Si les maringouins te réveillent de leurs chansons,
Ou te chatouillent l'oreille de leurs aiguillons,
Apprends, cher voyageur, alors, que c'est le diable
Qui chante tout autour de ton corps pour avoir ta pauvre âme.

Quand tu seras dans ces rapides très dangereux,
Ah! prie la Vierge Marie, fais-lui des vœux.
Alors lance-toi dans ces flots avec hardiesse,
Et puis dirige ton canot avec beaucoup d'adresse.

Quand tu seras dans les portages, pauvre engagé,
Les sueurs te couleront du visage, pauvre affligé.
Loin de jurer, si tu me crois, dans ta colère,
Pense à Jésus portant sa croix, il a monté au Calvaire.

La chute de la chanson évoque les guerres avec les Iroquois et rappelle les tensions entre Canadiens et certaines Premières Nations que la tradition orale a perpétuées pendant fort longtemps.

Ami, veux-tu marcher par terre, dans ces grands bois,
Les Sauvages te feront la guerre, en vrais sournois.
Si tu veux braver leur fureur, sans plus attendre,
Prie alors de tout ton cœur, ton ange de te défendre.

Dans le glissement du marin au coureur des bois puis finalement au bûcheron, comme l'illustre la version suivante, certains référents maritimes (vent, flots, avirons) sont remplacés par des réalités des travailleurs forestiers (forêt, chantier, hache).

VERSION DU BÛCHERON

Un voyageur qui s'détermine
À s'éloigner pour voyager,
Dieu du ciel, il se destine
À braver les plus grands dangers.
Vierge Marie, ô tendre Mère,
Soyez son guide et son soutien ;
Secourez-le dans ses misères,
Conduisez-le dans son chemin.

Il quitte sa pauvre famille,
Il embrasse ses vieux parents.
Dans ses yeux une larme brille :
Adieu ! Je pars, c'est pour longtemps.
Tant de peines et de fatigues
Dans ces forêts bien éloignées,
Dans ces forêts, là, au lointain,
Dans ces bois où l'on fait chantier.

Armé d'une pesante hache,
Il donn' des coups bien vigoureux.
Il bûche, il frappe sans relâche,
L'écho en résonne en tous lieux.
À quels dangers qu'il-e s'expose.
L'arbre le menace en tombant.
Il faut penser à la mort
Ainsi qu'à nos bien chers parents.[122]

Les différentes versions de la chanson révèlent que dans l'inconscient collectif canadien, qu'ils soient canoteurs ou bûcherons, les hommes demeurent des « voyageurs » soumis à de durs labeurs, de grandes misères.

Une grossière nourriture,
Un pauvre chantier pour abri.
Parlons de tout ce qu'il endure.
Les poux veulent lui ravir la vie.
Dessus la drave il va descendre,
Marcher dans l'eau, ramer bien fort.
Aussi va falloir entreprendre
Braver les flots aussi la mort.

Pauv' voyageur, que vas-tu faire
Après avoir eu ton paiement ?
Vas-tu dans ces infâmes villes ?
Là, tu perdras âme et argent.
Au lieu d'aller à la cantine,
Va-t'en tout droit chez le banquier.
Évite ce qui cause ta ruine,
Tu en seras récompensé.

---

122. Madeleine Béland, *op. cit.*, p. 145-146.

Entre la version du coureur des bois et celle du bûcheron, le chrétien a été remplacé par un voyageur. Même si la dimension religieuse se veut moins présente au fil de la transformation de la chanson par le biais de la transmission orale, la morale conservatrice de l'Église continue tout de même de se faire sentir, notamment dans la dernière strophe qui intime le «pauvre voyageur» à ne pas dépenser tout son argent dans les vices liés à la vie urbaine.

La version du bûcheron ne fait aucune référence aux «Sauvages», qui représentaient une menace pour les coureurs des bois. Cette modification est représentative du changement de mentalité des Canadiens français à l'égard des premiers occupants du territoire. À l'époque de la traite des fourrures, les nations autochtones étaient soit des ennemis contre lesquels il fallait se battre, par exemple les Iroquois qui incarnent les Sauvages de la chanson, soit des acteurs essentiels au développement du commerce. Une fois que l'industrie forestière a supplanté la traite des fourrures comme moteur économique de la colonie, les Premiers Peuples sont devenus des obstacles. Sur le plan strictement économique, ils sont passés d'indispensables alliés à une population qui entravait le travail des forestiers.

La terrible finale du roman *Kukum* (2020) de Michel Jean, alors que la famille de nomades se voit physiquement empêchée de remonter la rivière Péribonka par les billots des draveurs, illustre le choc entre le mode de vie des Premiers Peuples et l'activité économique forestière. En quelques pages, le romancier fait saisir au lecteur toute l'impuissance, la rage, le désespoir ressentis par les Innus qui remontaient les rivières se jetant dans le Piekuakami. Voici une perspective rarement – voire jamais – mise de l'avant dans l'imaginaire collectif québécois: le labeur des bûcherons canadiens-français qui passent l'hiver dans le bois loin de leur famille, le courage des draveurs qui risquent leur vie pour faire descendre les billots jusqu'à la scierie, tout ce mode de vie épique a littéralement mis fin à des déplacements millénaires, à une culture nomade transmise de génération en génération. Le dur labeur des uns a créé la misère des autres. Qui s'est enrichi du travail sous-payé des porteurs d'eau, de l'annihilation de modes de vie des premiers occupants du territoire? La question est au cœur du développement du Canada. Mais la conscience d'une exploitation commune ne s'est pas inscrite – au contraire – dans la tradition orale canadienne-française et le sort des Premiers Peuples n'a jamais intégré le répertoire de chansons ou de récits. Ils sont passés d'alliés ou d'ennemis à rien du tout et cette absence en dit long sur le type de relations qui se sont développées tout au long du 20e siècle entre les Québécois et les sociétés autochtones.

Parmi les chansons de voyageurs et forestiers qui ont connu une forte diffusion dans la culture populaire canadienne-française, il y a «La complainte du Saint-Maurice», aussi connue sous le titre «La complainte de la Mauricie». Elle était souvent chantée par Gaston Miron lors de soirées de poésie, comme on peut le constater dans le documentaire *Miron, un homme revenu d'en dehors du monde* (2014) de Simon Beaulieu. L'auteur de *L'homme rapaillé* (1970) avait l'habitude de débuter ses lectures publiques par un air d'harmonica, suivi d'une chanson traditionnelle. Dans l'univers de la musique trad, l'harmonica accompagne les chants pour prolonger la mélodie et créer une ambiance propice au recueillement et à la communion. Cette habitude de Miron de jouer un air et de chanter avant de lire sa poésie était peut-être une façon pour lui de retourner sur la terre de ses ancêtres, chez son grand-père plongé «dans le noir analphabète», «dans les montagnes râpées du nord» où sa vision poétique s'enracinait.

Pendant longtemps, les chansons se sont transmises par le seul support de l'oralité, cette intelligence du peuple. Devenu poète de l'écrit, Miron ne semble pas avoir oublié d'où provenait le verbe de sa famille, d'où émanait la parole vivante qu'il a tant essayé de transposer à l'écrit dans son célèbre recueil. Miron a appris «La complainte du

Saint-Maurice » de la bouche d'Alfred DesRochers[123], un autre poète inspiré par la tradition orale, conscient de l'héritage extraordinaire légué par les ancêtres à travers leurs chansons, leurs contes et leurs légendes. Dans un entretien à la radio de Radio-Canada, Miron commence l'entrevue en chantant «Un soir en m'y promenant», air qui viendrait de Saint-Élie-d'Orford, village de DesRochers. Il poursuit en comparant les chansons traditionnelles du sud du Québec, plus marquées par la culture française, et les chansons du nord, imprégnées par la vie dans les chantiers. Il donne alors comme exemple «La complainte de la Mauricie», dont il partage quelques couplets[124]. On peut ressentir dans cette érudition tout l'amour de Miron pour la chanson et les arts traditionnels. On en retrouve des traces dans plusieurs de ses poèmes, en commençant par «La marche à l'amour»: «Tu es mon amour ma ceinture fléchée d'univers / ma danse carrée des quatre coins d'horizon.» Le groupe Bon Débarras, le même qui a collaboré avec Joséphine Bacon, lui rend bien cet amour avec la mise en musique du texte «La batèche». La mélodie percutante, où la nostalgie inspirée par le violon se trouve clouée au sol par la percussion du podorythmiste, supporte le texte scandé comme un slam, qui nous rentre en plein corps avec la musique.

Le vidéoclip réalisé à partir de la chanson présente entre autres des archives des bûcherons québécois qui montaient travailler dans le bois l'hiver. Les images chantent leur labeur, mais en même temps, elles nous montrent le territoire exploité, abîmé d'abord à hauteur d'hommes puis saccagé par l'arrivée destructrice de la machinerie forestière et du développement de l'industrie minière. On ne peut que crier «batèche» et se demander: tout ce travail, cette grosse misère, ces peines et cet ennui, tous ces sacres pour en arriver à la dévastation du

---

123. Voir Pierre Nepveu, *Gaston Miron: la vie d'un homme*, Montréal, Éditions du Boréal, 2011, p. 227.
124. Voir Gaston Miron, *L'avenir dégagé: entretiens 1959-1993*, édition préparée par Marie-Andrée Beaudet et Pierre Nepveu, Montréal, L'Hexagone, 2010, p. 149-152.

territoire, à la désolation d'une coupe à blanc, au cratère d'une mine à ciel ouvert. Tout comme les coureurs des bois avaient ouvert la voie à la spoliation des territoires autochtones, les sacrifices des forestiers ont mené à la surexploitation des ressources naturelles. Mais le vidéoclip ne nous laisse pas avec cette amertume et se clôt avec le visage d'une jeune fille. Les trois musiciens du groupe chuchotent alors le dernier vers du poème de Miron: « ma poitrine résonne / j'ai retrouvé l'avenir[125]. » C'est exactement le sentiment que nous ressentons lorsque nous écoutons de la musique traditionnelle; elle résonne dans nos poitrines comme un goût d'avenir, elle qui nous arrive du fin fond de notre mémoire collective, transformée par la sensibilité des gens qui la font vivre en nous la partageant. Elle porte en elle nos échecs, mais aussi nos plus grandes espérances.

En plus de Miron qui l'a fait connaître dans le milieu de la poésie, « La complainte du Saint-Maurice » a été maintes fois chantée par le regretté Gilles Cantin, chanteur traditionnel, qui l'intitulait « Malheureux Saint-Maurice ». Elle a été reprise par des chanteurs contemporains, notamment par Michel Faubert (« La nouvelle Amérique », *L'écho des bois* [1997]) ou encore par Fred Pellerin sur son album *C'est un monde* (2011). Laforte la classe dans la catégorie « Chansons strophiques, Cycle de voyage / N-L'ennui et les messages » sous le titre « Ennui d'amour — Le papier à Trois-Rivières ». Elle emprunte des vers ou des couplets à plusieurs chansons françaises plus anciennes. Béland présente quatre versions apparentées, dont plusieurs vers se retrouvent également dans une chanson française (« De la complainte que font aujourd'hui les blasés de Lille ») recueillie par François de Cottignies dit Brûle-Maison en 1843 dans le livre *Étrennes tourquennoises et lilloises*, ou *Recueil de chansons en vrai patois de Lille et de Tourcoing*. La fluidité de cette chanson est fascinante: elle a voyagé de Lille à Trois-Rivières, du Moyen Âge au

---

125. Voir le vidéoclip officiel de la chanson: Bon Débarras | Batèche | Vidéoclip officiel – Bing video.

21ᵉ siècle ; elle a été chantée dans les chantiers au plus profond de la forêt boréale comme sur les scènes de soirées de poésie et elle s'est retrouvée gravée sur plusieurs albums d'artistes contemporains. Elle illustre à quel point la tradition orale est vivante, en mouvement, malléable selon les époques et les lieux, à quel point une seule complainte peut nous faire voyager loin et longtemps.

Voici deux versions de la complainte, d'abord celle qui s'applique à un homme au Bas-Canada et à son amante en France, puis celle chantée par Gaston Miron.

ENNUI D'AMOUR – LE PAPIER COÛTE CHER

Que le papier coûte cher dans le Bas-Canada
Pour écrire à ma blonde ; ma blonde n'en envoie pas.
Si j'étais auprès d'elle, auprès de ses côtés,
Je lui raconterais mes peines, mon chagrin, mon ennui.

Si la mer était d'encre, le ciel de papier blanc,
J'écrirais à mon cher, celui que j'aime tant.
Je lui dirais : Mon cher-e, que c'est donc ennuyant,
Sous ce beau ciel de France, on ne se voit pas souvent !

Mais un jour, je l'espère, nous serons tous les deux
Sous ce beau ciel de France, nous vivrons heureux.
Nous serons unis ensemble, ça sera pour toujours,
Nous chanterons l'allégresse de nos plus tendres amours.[126]

---

126. Chantée en 1950 par Collins (64 ans), Saint-Joachim-de-Tourelle (Gaspé), Québec (coll. Carmen Roy. MN. Non 5572).

La double énonciation de la première version, c'est-à-dire la plainte de l'homme au Bas-Canada et la réponse de la femme restée en France, est différente de la version canadienne. Dans celle-ci, la destinataire demeure muette et l'espoir de la revoir est remplacé par une promesse de devenir un bon citoyen – un bon chrétien – si jamais l'homme réussit à survivre aux « six mois dans les chantiers ».

LA COMPLAINTE DU SAINT-MAURICE

Ah que l'papier coûte cher,
Dans le Bas-Canada.
Surtout aux Trois-Rivières,
Que ma blonde, a m'écrit pas.
Ah que c'est ennuyant
D'être si éloigné.
À vivre dans la tristesse

Six mois dans les chantiers.
Malheureux Saint-Maurice,
Pour tous tes voyageurs,
Qui rend mon âme en peine
Et mon corps moribond.
Ah que c'est ennuyant,
D'être si éloigné.
À vivre dans la tristesse,
Six longs mois par année.

Me mettrai plus en ivre,
De c'te maudite boisson-là.
T'as fait mourir mon père,
Plusieurs de mes parents.

Ah que c'est ennuyant
D'être si éloigné.
À vivre dans la tristesse
Six mois dans les chantiers
Si jamais je m'en retourne
Au pays d'où c'que je viens.
Je ferai de moi un homme
Et non pas un bon à rien.[127]

Le fait que la chanson, dans son évolution, ait abandonné les référents français – la France a été remplacée par la région de la Mauricie et la femme européenne par une blonde des Trois-Rivières – illustre que la culture canadienne-française s'est peu à peu détournée de la France pour embrasser les réalités américaines. En effet, la charge émotive est beaucoup plus forte pour les Canadiens français lorsque la complainte évoque le sort des bûcherons, dans les chantiers, qui s'ennuient de leur belle. L'épouse laissée derrière dans la mère patrie devait laisser indifférents les habitants du 19ᵉ siècle, alors que l'on peut comprendre ce qu'elle représentait sur le plan symbolique pour les premiers colons français venus s'établir en Nouvelle-France.

Quoi qu'il en soit, le thème de l'ennui a persisté, en tant qu'émotion universelle de celui ou celle qui se retrouve loin des siens. La distance entre le Bas-Canada et la France ainsi que celle entre les chantiers et la ville de Trois-Rivières montre une certaine forme de malaise par rapport à la vie sur le territoire. Les colons français se sentaient étrangers en Amérique comme les habitants canadiens se trouvaient loin de la maison lorsqu'ils travaillaient dans les chantiers. Ce manque, cette incapacité à se sentir chez soi, n'est pas anodin dans la constitution de l'inconscient collectif franco-américain, canadien-français et québécois.

---

127. Version chantée par Gaston Miron.

Ce sentiment nous amène à un autre groupe de chansons qui fait voir une réalité plus sombre et éprouvante des voyageurs. On y perçoit une forme de mélancolie et même d'apitoiement qui illustre un état d'esprit singulier chez le voyageur.

LES VOYAGEURS DE LA GATINEAU

Le vingt-cinquièm' de novembre, à Ottawa, j'm'suis engagé ;
Engagé sur cette rivièr', c'qu'on appell' la rivière enragée.
Nous partîmes pour un voyage en canot sur la Gatineau,
Bien plus souvent les pieds par terre et la charge sur le dos.

Là, pensions à not' jeune âge, nous l'avions si mal passé,
À courir les auberges, notre argent avions dépensé.
Quand on vient prend' le portage, ah ! tous ces hommes bien démontés,
Le canot sur une épaule et l'aviron de l'autre côté.
[...]

Que chacun y prenn' sa place, c'est ici qu'on va coucher.
On va dormir sur la paillass' de branch's qu'il faut rapailler.
Mettons-y cent fois des branches, mais des branches de sapin ;
Pour mieux reposer à notre aise, les plus grosses en-dessous des reins.

Ah ! si parfois je m'en retourne au pays d'où ce que je viens,
Je ferai de moi un homme et non pas un bon à rien.
À cett' fin j'irai à la confesse, afin d'y faire ma religion ;
Je promets à ma p'tit' femme, j'abandonnerai la boisson.[128]

La chanson aborde des thèmes tels que le rite initiatique de la vie de voyageur, le lien avec la forêt et le territoire ainsi que la vigueur

---

128. Madeleine Béland, *op. cit.*, p. 176-177.

et le courage. Notons au passage le référent à la couche de sapinage, une technique héritée des Premiers Peuples et qui a été complètement intégrée au mode de vie des voyageurs et forestiers canadiens. Le deuxième vers du dernier couplet se retrouve aussi dans « La complainte du Saint-Maurice ».

Il y a dans cette version la conscience d'un destin raté, d'une jeunesse perdue, gaspillée par l'alcool. On entend l'écho d'une telle complainte dans l'œuvre d'un Jack Kerouac, qui a écrit dans un texte en français intitulé « La nuit est ma femme » : « Je suis Canadien Français, v'nu au monde à New England. Quand j'fâché j'sacre souvent en Français. Quand j'rêve j'rêve souvent en Français. Quand je brauille je brauille toujours en Français[129]. » Cette phrase en joual de Kerouac contient à elle seule la mélancolie du voyageur, perdu entre le souvenir du pays et les mensonges de l'alcool, un état d'esprit qui semble traverser la culture franco-américaine autant que l'œuvre du romancier de Lowell.

Dans le documentaire *Rêves américains*, il est beaucoup question de cette tristesse franco-américaine, liée selon l'écrivain Philip Marchand, de Sainte-Geneviève au Missouri, au sentiment « que nous sommes sans foyer sur le continent[130] ». La chanteuse Myriam Gendron transmet bien cette émotion dans la chanson « Poor girl blues », parue sur son album *Ma délire. Songs of love, lost and found* (2021). Gendron actualise dans cette œuvre la pièce traditionnelle afro-américaine « Poor boys, long way from home », notamment popularisée par le bluesman Mississippi John Hurt. Elle colle à cet air le texte d'Antoine Gérin-Lajoie, « Un canadien errant », écrit en hommage aux Patriotes condamnés à l'exil à la suite de la rébellion de 1837-1838. Cette chanson littéraire a glissé dans la tradition orale tant elle était en phase avec son époque et avec la mémoire qui a été construite à partir de ces événements.

---

129. Jack Kerouac, *La vie est d'hommage*, Montréal, Éditions du Boréal, 2016, p. 54.

130. Citation tirée du documentaire *Un rêve américain*.

Elle a été reprise par Leonard Cohen, dans une de ses rares chansons en français. Dans le texte de Gendron, le point de vue devient celui d'une jeune fille qui se sent «loin de sa maison». La musicienne mêle la douleur afro-américaine au sentiment de dépossession des Canadiens français en Amérique, sans jamais s'approprier ni l'un ni l'autre, afin d'offrir un regard intime et contemporain sur l'impression de ne pas se sentir à sa place.

Cette tristesse, cet apitoiement sur soi, ce blues franco-américain, semble contredire ce qui est souvent véhiculé, soit la joie de vivre contagieuse des Canadiens. Et si celle-ci n'était qu'une façon d'alléger la douleur, à l'image du Survenant, le célèbre personnage de Germaine Guèvremont, ce bon vivant à l'âme torturée ? Kerouac, encore lui, écrit : «J'ai pas aimé ma vie mais j'ai toujours aimé le cœur du monde[131].» Voilà une phrase qui nous renvoie au paradoxe du bon vivant désespéré ou encore à celui du pessimiste joyeux.

Au-delà du thème de l'ennui, plusieurs chansons renvoient aux motifs du danger et des misères inhérentes au mode de vie des bûcherons, notamment «Nous sommes partis trois frères», «Dans les chantiers nous hivernerons» ainsi que «La misère dans les chantiers». Cette dernière chanson a été reprise par Michel Faubert sur le disque *Carême et mardi gras* (1995). Fait notable, elle a également été interprétée par le groupe français Malicorne qui a eu beaucoup de succès au Québec. Les musiciens se sont donné la liberté de joindre un texte du Québec à une mélodie française, inspirée de la pièce «Le navire de Bayonne». Le dernier couplet de la version de Malicorne est tiré de cette chanson, puis a été adapté aux réalités des chantiers québécois. Elle est donc un exemple d'une chanson canadienne ayant entrepris le chemin inverse Québec-France pour en quelque sorte boucler la boucle de son long périple.

---

131. *Ibid.*, p. 57.

Le groupe français Mes souliers sont rouges se spécialise aussi dans la musique traditionnelle québécoise et intègre la podorythmie. Le nom du groupe est inspiré de la chanson du même nom, popularisée notamment par le groupe québécois Le Rêve du Diable. Les musiciens français reprennent des versions de « La poule à Colin » ou de la célèbre « Ziguezon » que La Bottine Souriante a tant chantée. Désormais rendus à huit albums, Mes souliers sont rouges intègre toute une panoplie de chansons folk et traditionnelles américaines, québécoises et françaises, avec des inspirations irlandaises et cajuns. Leur travail est un autre exemple du métissage culturel inhérent aux musiques du monde.

Les chansons qui illustrent les misères des voyageurs ont évidemment un rôle différent quand on les chante au retour du voyage : elles permettent aux voyageurs de mettre en valeur leur sacrifice et leur courage. Ainsi, c'est davantage la fierté et le courage des voyageurs, plutôt que la mélancolie et la nostalgie, qui ont marqué l'esprit et la culture populaire au 20e siècle. Dans « La vie de voyageur », on suit les étapes importantes de la vie d'un bûcheron et les départs pour les chantiers constituent un rite de passage pour les jeunes hommes.

LA VIE DE VOYAGEUR

La compagnée, vous allez m'excuser,
Je vais vous chanter une chanson.
Je me rappelle de mon bas âge,
Du temps que j'étais tout petit garçon ;
Je grandissais dans l'agrément,
Voyant partir tous ces jeunes gens
Quittant leur foyer paternel
Pour entreprendre la vie de voyageur.

Rendu à l'âge de seize ans à peine,
A bien fallu que je vienne en faire autant.
Je dis à ma mère : - Je pars demain,
Je reviendrai dans un an.
Le lendemain, les larmes aux yeux,
À tous mes parents je faisais mes adieux.
Je partais seul en ce monde
Pour entreprendre la vie de voyageur.

Rendu au terme de mon voyage
Là, je m'empresse d'écrire à ma maman
Pour lui donner de mes nouvelles
D'une bonne façon qui ne dure pas longtemps.
On monte au chantier. Après avoir hiverné,
On a quelques piastres de bien gagnées,
Mais il faut descendre à la ville
Pour y fêter la vie de voyageur.[132]

On retrouve dans cette version la boisson et la fête comme éléments d'intégration des jeunes hommes. L'alcool joue ici un rôle initiatique, comme si l'ivresse était le passage obligé entre la vie du jeune garçon et celle d'un homme, capable de survivre aux rigueurs de la vie en forêt.

Mais en arrivant à la ville :
- Bonjour monsieur, approchez-vous du comptoir.
Un bon buveur à l'hôtel
Invite tout son monde à boire.
Les quelques piastres sont bientôt dépensées,
Au bout d'une semaine il faut remonter.

---

132. Madeleine Béland, *op. cit.*, p. 319-320.

> *La vie s'écoule comme un rêve,*
> *Premières année du jeune voyageur.*

« Le retour des bois carrés » s'inscrit dans le même état d'esprit. Les paroles mettent en scène des voyageurs vigoureux qui font honneur à leur réputation de bons vivants, trait culturel hérité des coureurs des bois. La consommation d'alcool et le succès auprès des femmes mettent de l'avant un esprit de fanfaronnade qui fait contrepoids au thème de l'apitoiement et de l'ennui.

LE RETOUR DES BOIS CARRÉS

> *La chanson que je chante a été composée*
> *Par un coureur de bois sur la rivière Ottawa,*
> *Sur une cage de bois en partance pour Québec,*
> *Dont Jos Montferrand donnait le commandement.*[133]

Le premier couplet mêle les figures des coureurs des bois et des cageux et renforce la continuité culturelle qui relie ces deux groupes de travailleurs. Il évoque également Jos Montferrand, légendaire homme fort de l'Outaouais qui a profondément marqué la tradition orale canadienne. Le conteur Jacques Falquet a d'ailleurs consacré un spectacle à cette figure mythique de l'imaginaire canadien intitulé *Les travaux de Montferrand*. Le reste de la chanson célèbre la joie de vivre des voyageurs, leur goût de la bonne chère, des ripailles et des veillées avec les femmes.

> *Parmi les voyageurs, il y'a de bons enfants,*
> *Et qui ne mangent guère, mais qui boivent souvent;*
> *Et la pipe à la bouche, et le verre à la main,*
> *Ils disent: Camarade, versez-moi du vin.*

---

133. Madeleine Béland, *op. cit.*, p. 332-333.

Lorsque nous faisons rout', la charge sur le dos,
Se disant les uns les autres : Camarade il fait chaud !
Que la chaleur est grande, il nous faut rafraîchir.
À la fin du voyage, nous aurons du plaisir.

Arrivés à un hôtel, nous pouvions plus manger,
Sans avoir de la bonn' poule et du bon pâté.
Payons, faisons ribote, payons, allons-nous-en,
Nous emmèn'rons aussi la fille de la maison.

Ah ! bonjour donc Nannon, ma charmante Lison,
Est-ce toi qui portes des souliers si mignons,
Garnis de rubans blancs, par derrièr', par devant ?
Ce sont les voyageurs qui t'en ont fait présent.

Par ailleurs, la chanson la plus célèbre qui concerne les cageux est certainement celle qu'on nomme « Les raftmans » (*raftmen* est le terme anglais pour nommer les cageux), reprise entre autres par Tex Lecor et Jean-Claude Mirandette, membre du groupe Les Charbonniers de l'enfer. Il s'agit d'une chanson en laisse, vraisemblablement composée en Outaouais, qui reproduit la structure des chansons du Moyen Âge. Elle met en scène des voyageurs virils et vigoureux qui réalisent un ensemble de travaux sans broncher.

LES RAFTMANS

Où sont allés tous les raftmans ? (bis)
Dedans Bytown sont arrêtés.

Refrain
Bing sur le ring.
Laissez passer les raftmans,
Bing sur le ring, bing bang

> *Dedans Bytown sont arrêtés.*
> *Dans les chantiers ils sont montés.*
> *Des provisions ont apporté,*
> *Sur l'Outaouais s'sont dirigés.*
> *En canot d'écorce ont embarqué.*
> *Dans les chantiers sont arrivés.*
> *Des manch' de hach' ont fabriqués.*
> *Ils ont joué de la cognée.*
> *À grands coups de hach' trempés*
> *Pour l'estomac leur restaurer.*
> *Des* pork and beans *ils ont mangés.*
> *Après avoir très bien dîné.*
> *Un' pip' de plâtr' ils ont fumée.*
> *Quand le chantier fut terminé.*
> *S'sont mis à fair' du bois carré.*
> *Pour leur radeau bien emmanché.*
> *En plein courant se sont lancés.*
> *Sur l'Ch'min d'Aylmer ils sont passés.*
> *Avec l'argent qu'ils ont gagné,*
> *Sont allés voir la mèr' Gauthier.*
> *Et les gross' fill' ils ont d'mandées.*
> *Ont pris du rhum à leur coucher.*
> *Et leur gousset ont déchargé.*
> *Le médecin ont consulté.*[134]

De son côté, Podruchny, en parlant des canotiers, fait référence à la «*rough culture*» (ou culture «de la vie à la dure») qui semble s'être transposée aux forestiers[135]. On pourrait en dire autant des cueilleurs de tabac des années 1960-1970 ou encore des planteurs d'arbres d'aujourd'hui,

---

134. Marius Barbeau, *Alouette!*, Montréal, Les éditions Lumen, 1946, p. 84-85.
135. Voir Carolyn Podruchny, *op. cit.*, p. 13.

tous ces jeunes, filles et garçons, passant leur été dans des camps en pleine forêt en essayant de reboiser la forêt boréale[136]. On reconnaît ici des caractéristiques communes aux différentes communautés de travailleurs évoluant en régions éloignées, peu importe l'époque. Le parallèle établi entre les caractéristiques des voyageurs et celles des marins peut être repris entre ces derniers et les forestiers. Les draveurs et encore plus les cageux travaillaient et vivaient sur l'eau comme les marins et il n'est pas étonnant qu'ils aient eu des attributs communs. De plus, au 19e siècle, le bois apporté sur des cages jusqu'à Québec était ensuite expédié par bateau vers l'Angleterre. Il y avait, en 1810, plus de 6 000 débardeurs et matelots dans le port de Québec[137]. Forestiers et marins formaient donc à cette époque des communautés similaires, liées par la chaîne de transport de l'industrie forestière.

Ces groupes étaient essentiellement masculins, ce qui teintait fortement leurs valeurs et leurs habitudes de vie. Par contre, des femmes se rendaient parfois travailler dans les chantiers pour y faire la cuisine ou des tâches administratives[138]. La composition de Jean-Claude Mirandette, «La fille d'Alban», met en scène une jeune femme engagée comme cuisinière dans les chantiers.

La chanson réduit la femme à ses rôles traditionnels de ménagère, de cuisinière et d'épouse, ce qui correspond aux mentalités populaires de l'époque. Ce constat ne diminue pas l'hommage rendu à ces femmes courageuses qui de leur labeur ont nourri les hommes et leur ont permis de survivre aux misères des chantiers.

---

136. Voir le documentaire de Stéphanie Lanthier, *2000 fois par jour* (2004).

137. Voir Yves Frenette, *op. cit.*, p. 61.

138. Voir Raymonde Beaudoin, *La vie dans les camps de bûcherons au temps de la pitoune*, 2e éd., Québec, Septentrion, 2016.

Le groupe de chansons présenté ci-haut rappelle que la figure du voyageur est celle d'hommes émancipés. Cette liberté, valorisée par les coureurs des bois, fait partie de l'image qu'on se fait des bûcherons et draveurs. Ils ne sont pas réellement libres au sens qu'ils sont au service des compagnies et des bourgeois qui dictent les conditions de travail et les salaires. Par contre, leur voyage dans le territoire symbolise l'indépendance. Lorsqu'ils sont payés, ils valorisent le loisir de pouvoir dépenser leur argent comme bon leur semble. Surtout, comme les canotiers avant eux, l'éloignement leur permet une liberté de mœurs contraire aux valeurs conservatrices de la société de l'époque et aux contraintes religieuses.

La tradition orale en général a toujours tenu ce rôle paradoxal d'échappatoire et de contestation d'une part, et de fondement de la société traditionnelle d'autre part. On pense notamment aux chansons grivoises qui décrivent les relations amoureuses de manière plus ou moins équivoque. Les chants de voyageurs pouvaient être une façon de déclarer sa liberté et de contester l'ordre établi, même si on le faisait rarement de façon explicite dans les paroles. La chanson « Gibson » exploite le thème de la résistance de façon plus frontale.

GIBSON

Écoutez j'vais vous chanter,
Une chanson que j'ai composée.
Composée sur Bissonnette,
Pour lui faire payer ses dettes.
J't'assure tu vas m'payer,
Ou ben on va t'emprisonner.

Ta di di di dam, ta di dam dam

Quand Gibson revint d'en haut
Une façon y'avait rien de si beau
Le foreman lui demand' des haches,
Pis y'offrait d'la grimace.
Pis y'a d'mandé du sirop,
Pis y'a fait des yeux d'taureau.
[...][139]

Le thème de la contestation est également illustré par une figure dérivée de celle du voyageur : l'homme fort. Jos Montferrand, qui apparaît dans une chanson présentée plus tôt, « Le retour des bois carrés », est un de ces héros canadiens-français qui défendaient ses compatriotes et dont la réputation a dépassé les frontières :

> Mieux, certaines traditions orales françaises ont même marqué le légendaire anglo-américain : les exploits du célèbre Joseph Montferrand ont souventes fois été recueillis chez nos voisins du nord des États-Unis, en contact avec des populations canadiennes ou franco-américaines, chez qui on reconnaît le nom du héros malgré des déformations linguistiques évidentes : George Monteiro en relève 17 variantes incluant les formes Mouffreau, Maufree, Mufraw, Montferrat, Murphraw et Murphy. À la suite de Marius Barbeau, certains folkloristes anglophones avancent en outre l'hypothèse que le grand héros de la mythologie anglo-américaine, Paul Bunyan, ne serait que la transposition du Petit-Jean de nos contes populaires, devenu peut-être Bon-Jean et anglicisé en Bunyan[140].

---

139. Projet Hommes des bois, album *Conte et chansons de draveurs*, 2018.

140. Jean-Pierre Pichette, « La diffusion du patrimoine oral des Français d'Amérique », *Langue, espace, société. Les variétés du français en Amérique du Nord* (Poirier, Claude dir.), Québec, Les Presses de l'Université Laval, 1994, p. 135.

La légende de Paul Bunyan, l'équivalent américain de Jos Montferrand, serait en partie basée sur l'histoire de Fabien Joseph Fournier, un bûcheron qui est allé travailler dans l'État du Michigan[141].

Ces hommes forts légendaires sont le plus souvent issus des chantiers de bûcherons et symbolisent une forme de résistance à la domination économique anglo-saxonne. Cette figure est intégrée à plusieurs pièces du répertoire au 20ᵉ siècle. Ce thème du héros élevé au rang d'homme légendaire se retrouve notamment dans la chanson «Grand Pit», composée par Salomon Plourde dans les années 1960. Elle est aujourd'hui bien implantée dans la culture trad grâce à Bernard Simard (album *Maudite Moisson*, Le Vent du Nord, 2003) et Claude Méthé, violoniste et chanteur au sein de plusieurs groupes tels Le Rêve du diable, Manigance, Ni Sarpe Ni Branche.

Au-delà du caractère légendaire de certains personnages, un autre élément de continuité entre les voyageurs de la traite des fourrures et les forestiers est le profond lien avec les rivières, la forêt, la nature[142]. Cette relation privilégiée avec le territoire s'est ancrée très solidement dans la culture canadienne-française et québécoise. Dans le répertoire des voyageurs, nous retrouvons de nombreuses références au territoire et à la géographie, comme par exemple dans cette chanson popularisée par Bernard Simard et le groupe La Bottine Souriante :

---

141. Voir https://www.history.com/news/was-paul-bunyan-a-real-person.

142. Voir version chantée par Bernard Simard, Le Vent du Nord, album *Maudite Moisson* (2003).

LAC-À-BEAUCE

Au Lac-à-Beauc', Rivière-aux-Rats (bis)
Ti-Zim Gravel qui fait chantier là
Sur la bing bing bang, sur la bombardée
Willie Gamac' avec sa gang.
Sur la bombardée bing bang
On est parti cinq camarades (bis)
Pour aller bûcher du bois brûlé,
Tout en bobsleigh dans les montagnes.
[...]

Les paroles réfèrent à un lac et à une localité près de La Tuque. Elles reprennent les thèmes habituels de l'ennui et de la misère et proposent des images fortes qui témoignent du parcours des hommes au cœur de la nature sauvage. Tout comme la région de l'Outaouais, la Mauricie a été une région clé de l'industrie forestière et les références géographiques précises reviennent dans plusieurs chansons de bûcherons et de draveurs. Par exemple, la Rivière-aux-Rats est aussi évoquée dans la chanson «Les gars de la Rivière-aux-Rats» reprise par Les Chauffeurs à pieds sur leur album *Déjeuner canadien* (2004).

La forêt a de tout temps été au cœur du répertoire trad; elle a inspiré de nouveaux refrains ajoutés à de vieilles chansons françaises, ou carrément des chansons originales, composées par les voyageurs qui partageaient leur vision du territoire. On peut faire un parallèle ici avec le processus de modifications des contes dans les chantiers de bûcherons. L'ouvrage de Jean-Claude Dupont, *Contes de bûcherons* (1976), présente les récits d'Isaïe Jolin, un Beauceron ayant été conteur dans les chantiers de bûcherons dans les premières décennies du 20e siècle. M. Jolin a reçu ses contes par tradition familiale:

> C'est en les entendant raconter par son père qu'il avait appris dès son jeune âge, me dit-il, une cinquantaine de «*contes de menteries*». Chez les Jolin, c'est la tradition de la

donaison, c'est-à-dire le legs du bien paternel à un descendant, qui assura la transmission des contes populaires. De 1840 à 1972, à travers quatre générations, une seule personne par génération fut agent de la continuité littéraire de bouche à oreille ; et ce descendant fut toujours celui qui cohabita avec *les vieux* sur le bien paternel. Isaïe garda ses parents chez lui jusqu'à leur mort, et lui-même vécut dans la maison où se trouvait un petit-fils conteur en 1974.

Jolin, de par ses histoires et sa façon de les partager, égayait la vie routinière des bûcherons dans les chantiers :

> Isaïe Jolin, lui, disait avoir conservé facilement le fil de ces longs récits parce qu'il était conteur dans les camps de bûcherons ou de draveurs où il travaillait. Comme faveur, parce qu'il récréait les hommes pendant la soirée, il avait la permission d'entrer au *camp* un peu plus tôt que les autres le soir[143].

Les contes de Jolin sont de vieux récits merveilleux (« La bête à sept têtes », « Le roi qui donne la moitié de son royaume », « La fève magique », « Peau d'âne », etc.) qui font partie du répertoire commun à toute l'Europe et à une partie de l'Asie. Contrairement aux chansons, qui passent plus difficilement d'une langue à une autre, les contes les plus puissants sont facilement traduits et intégrés à diverses cultures. Le conteur possède une très grande liberté pour ajuster les récits à sa culture et à son environnement.

Dans les histoires de Jolin, il est comique de voir des princesses, rois et autres personnages clairement de provenance européenne œuvrer dans le milieu très familier des bûcherons :

---

143. Jean-Claude Dupont, *Contes de bûcherons*, Québec, Éditions Nota bene, 2002 [1976], p. 9-12.

Dans les versions présentées ici, le bois et la forêt sont omniprésents; on verra même qu'un corps d'arbre peut donner naissance à un enfant, et que c'est presque toujours lorsque le héros est assis sur un tronc d'arbre que les aides merveilleux font leur apparition.
[...]
Le milieu physique en général a aussi son importance; en Europe, un même récit fera état d'un certain château attaqué par des géants, tandis qu'Isaïe Jolin parlera plutôt d'une montagne de glace abritant une princesse, et les géants se transformeront en «Vent-du-Sud» et «Vent-du-Nord».

Les différents motifs, ou scènes d'un conte, savent aussi reconstituer le genre de vie traditionnel auquel appartient l'informateur. Par exemple, la salle de bal du château, décrite par Isaïe Jolin, prend l'aspect de la grande *cuisine* de la maison rurale québécoise, et c'est une *tourtière* canadienne que le prince reçoit de Peau d'Ânesse[144].

Le processus de modification de la tradition orale est différent pour les contes et les chansons, mais dans les deux cas, le territoire joue un rôle central qui fait en sorte que le répertoire de tradition orale se transforme pour représenter l'environnement dans lequel il évolue. Cet ancrage géographique est un autre exemple du rôle culturel essentiel joué par les voyageurs forestiers.

Le chantier a été un lieu de brassage entre différentes cultures occidentales (française, anglaise, irlandaise, écossaise, est-européenne) et régionales (québécoise, acadienne et éventuellement franco-ontarienne et franco-américaine). À propos de la culture acadienne, le père Anselme Chiasson explique:

---

144. *Ibid.*, p. 17-18.

Au dernier quart du 19ᵉ siècle, les chantiers pour la coupe du bois en forêt commencèrent à attirer les Acadiens hors de leur région aussi loin qu'au Maine (É.-U.) et même au Québec. Ces chantiers où se rencontraient diverses cultures, québécoise, irlandaise, écossaise, exerceront une influence sur le folklore acadien. Par ce truchement, il se fera un échange de contes, de légendes et de chansons entre les Québécois et Acadiens et entre Acadiens de différentes régions. Les *reels* et gigues irlandais et écossais entreront de plain-pied dans la musique instrumentale et populaire acadienne[145].

L'influence des Anglais et des Irlandais se retrouve dans les chansons truffées d'anglicismes. Le terme draveur est lui-même issu du verbe anglais *to drive* qui était utilisé pour décrire l'action de faire descendre les billots sur la rivière.

La musique traditionnelle québécoise est aujourd'hui fortement inspirée de la musique irlandaise, écossaise et anglaise, comme on peut le constater avec l'album *Fire in the kitchen* (1998), du groupe The Chieftains, auquel a collaboré La Bottine Souriante. Les musiciens traditionnels du Québec et de la Franco-Amérique ont développé un répertoire[146] et un style unique, caractérisé entre autres par l'utilisation de la podorythmie qui met en valeur le caractère libre et festif associé à la culture canadienne depuis l'époque des premiers voyageurs[147]. À l'instar de ces derniers, les forestiers ont continué à jouer un rôle de truchement entre les influences extérieures et la culture canadienne.

---

145. Jean-Claude Dupont et Jacques Mathieu, *op. cit.*, p. 137.
146. Voir l'ouvrage d'Olivier Demers, *1000 airs du Québec et de l'Amérique francophone*, 2020.
147. Pour en savoir plus : voir le cours TRAD 666 développé par le Conseil québécois du patrimoine vivant et narré par Nicolas Boulerice : https://www.patrimoinevivant.qc.ca/actualites/trad-666-un-cours-en-ligne-sur-la-musique-traditionnelle.

La tradition d'organiser des bals (chants et danses) remonte à l'époque de la traite des fourrures et a permis l'intégration de la musique écossaise au répertoire canadien, notamment par le biais des commis et des bourgeois dans les postes. En plus des mélodies, c'est l'esprit de la fête et de la danse qui se sont transmis à ce moment et ont servi de point de rencontre.

À partir de 1800, ce fut au tour des Irlandais, à travers les paroisses catholiques, d'exercer une forte influence sur les musiciens canadiens, la musique traditionnelle irlandaise étant une des plus puissantes et élaborées du monde occidental. Le métissage de la musique s'est poursuivi par la suite dans les chantiers où Canadiens, Acadiens, Irlandais, Écossais, Anglais se côtoyaient. Enfin, via notamment la musique acadienne et cajun, se sont également intégrées les influences de la musique américaine et afro-américaine : blues, bluegrass, folk, country, etc.

On le voit, la musique traditionnelle québécoise est le résultat d'une série de rencontres et d'échanges survenus sur le continent nord-américain. Le voyageur, devenu forestier, ainsi que les chansons qui préservent et transmettent sa mémoire se sont inscrits de façon particulière dans la dynamique de transformation de la culture canadienne, canadienne-française et québécoise. Omniprésents dans la tradition orale, les voyageurs ont poursuivi leur chemin en prenant différentes formes au fil du temps, notamment dans les œuvres littéraires.

DE LA TRADITION ORALE À LA LITTÉRATURE ÉCRITE, À LA CHANSON D'AUJOURD'HUI

L'influence d'un livre (1837), de Philippe Aubert de Gaspé fils, est considéré comme le premier roman canadien-français. On y retrouve des chansons traditionnelles ainsi qu'un chapitre intitulé « L'étranger » consacré à la légende de Rose Latulipe. Dans le sillon de cette œuvre, l'intégration des contes, légendes et chansons à la littérature canadienne-française – et ce faisant, leur fixation par l'écrit – s'est intensifiée tout au long de la deuxième moitié du 19ᵉ siècle.

À cette époque, l'élite lettrée cherchait à créer une littérature nationale, notamment en réaction au rapport Durham (1840) qui décrivait les Canadiens français comme un peuple sans histoire ni culture. L'écriture et l'édition étaient une réponse parmi d'autres à la domination britannique, à la menace d'assimilation qui guettait la population francophone. Le répertoire oral que l'on insérait dans les œuvres littéraires se voulait un puissant vecteur d'identité, une façon de revendiquer la différence linguistique et culturelle des Canadiens français dans l'Amérique anglo-saxonne. Les romanciers de l'époque mettaient en valeur la tradition orale à partir de la perspective de la résistance culturelle et linguistique, alors que ces récits et chants accompagnaient la vie de tous les jours depuis des siècles. Le résultat est paradoxal : en devenant un matériau littéraire, la tradition orale a perdu contact avec ses racines les plus fécondes, soit la mémoire de l'oralité et le mouvement qui la porte dans le quotidien des gens ; par contre, force est d'admettre que la littérature a contribué à la préservation des contes, légendes et chansons.

À partir des années 1860, plusieurs projets littéraires inspirés du répertoire oral, notamment l'ouvrage *Légendes canadiennes* (1861) de l'abbé Casgrain, la revue *Soirées canadiennes* (1861-1865), dirigée par Joseph-Charles Taché, ou encore *Chansons populaires du Canada* (1865) d'Ernest Gagnon, sont publiés et fixent par écrit des récits et des chants qui avaient jusque-là voyagé de façon orale. Une certaine édification de la nation accompagne ce phénomène. Dans la préface de *Légendes canadiennes*, en plus de défendre la poétique de la légende en tant que genre littéraire, l'auteur met l'accent sur la vigueur du passé canadien, sur l'importance de sauver de l'oubli les mœurs du peuple.

L'abbé Casgrain prévient également les siens des tentations modernes et il dénigre d'un même élan l'histoire des Premiers Peuples, qui ont pourtant occupé une place centrale dans la genèse et l'évolution de la culture canadienne. Pour le religieux, les premiers occupants du territoire sont des « Sauvages », avec lesquels la société canadienne-française n'a absolument rien à voir. Le racisme inhérent à cette vision du monde est révélateur du climat intellectuel de l'époque :

> Le sauvage, a dit le comte de Maistre, n'est et ne peut être que le descendant d'un homme détaché du grand arbre de la civilisation par une prévarication quelconque. Cette hypothèse expliquerait la disparition si prompte des nations indiennes à l'approche des peuples civilisés. [...] Essayons donc de réunir en faisceaux les purs rayons de notre matin pour en illuminer les ans qui viennent. Du reste, il ne faut pas se le dissimuler, les écrits modernes, même les plus dangereux, sont plus en circulation parmi nos populations canadiennes qu'on ne le pense bien souvent[148].

La tension entre l'Europe et l'Amérique, le « civilisé » et le « sauvage », la culture savante et populaire, l'écrit et l'oralité, le sédentaire et le nomade, traverse l'histoire de la littérature canadienne-française et québécoise[149]. Pour Étienne Beaulieu, elle constitue un fondement important de l'imaginaire québécois. Dans son essai *La pomme et l'étoile* (2019), Beaulieu développe sa pensée autour de la tension qu'il pressent entre le travail des peintres Ozias Leduc et Paul-Émile Borduas; le premier est synonyme pour l'essayiste d'enracinement et le second renvoie plutôt à l'énergie du mouvement, de la rupture.

---

148. Henri-Raymond Casgrain, *op. cit.*, p. 10-15.
149. À ce propos, voir Lise Gauvin, *op. cit.*

Le roman de Philippe Aubert de Gaspé père, *Les Anciens Canadiens*, reproduit lui aussi plusieurs de ces chocs, dont les échos sont toujours perceptibles dans la littérature actuelle : « Ce livre ne sera ni trop bête, ni trop spirituel. Trop bête ! Certes, un auteur doit se respecter tant soit peu. Trop spirituel ! Il ne serait apprécié que des personnes qui ont beaucoup d'esprit, et, sous un gouvernement constitutionnel, le candidat préfère la quantité à la qualité. Cet ouvrage sera tout canadien par le style [...][150]. » Le style canadien ? Comment le définir si ce n'est par le mélange des genres, des registres, des traditions ? Dans le roman, de nombreuses chansons traditionnelles canadiennes côtoient des citations tirées d'œuvres de la littérature mondiale, souvent utilisées comme exergues des chapitres ; on évoque la légende de la Corriveau comme on réfère aux pièces de Molière ; lors d'un repas gargantuesque composé de gibiers du pays et de vins français, les couteaux de poche des convives se retrouvent « dans les assiettes de vraie porcelaine de Chine[151] » ; on exalte la mémoire de la mère patrie tout en vantant le courage des « Hurons » ; la langue est celle de France, mais caractérisée par l'emploi de canadianismes.

À cet égard, l'oralité – comme expression organique du quotidien du peuple – a joué un rôle particulier dès les débuts de la littérature canadienne-française. C'est par elle, à travers les chansons, les contes, les expressions du quotidien, que s'est inscrit l'imaginaire canadien dans les œuvres littéraires. De tout temps, elle a représenté une forme de résistance au pouvoir établi, aux discours officiels ; elle s'est toujours voulue un symbole d'américanité, empreint de métissage, d'échanges culturels et linguistiques.

À l'instar de l'œuvre de Philippe Aubert de Gaspé père, les traces de l'oralité continuent dans la littérature des années 1960 d'être une façon de se dérober aux diktats de l'ordre établi, comme on peut le voir

---

150. Philippe Aubert de Gaspé, *op. cit.*, p. 9.

151. *Ibid.*, p. 68-69.

dans les œuvres de Réjean Ducharme, Michel Tremblay ou Victor Lévy-Beaulieu, sans oublier évidemment Jacques Ferron. Selon Lise Gauvin, Ferron se définissait lui-même comme un passeur entre la tradition orale et la littérature : « Parmi les romanciers, Jacques Ferron, qui se dit le dernier de la tradition orale et le premier de la tradition écrite, est celui qui a le plus ouvertement confessé sa dette avec l'héritage légendaire [...][152]. » Des écrivains tels que Louis-Karl Picard-Sioui, William S. Messier, Jean-François Caron[153] et plusieurs autres poursuivent aujourd'hui cette même dynamique liée à l'oralité.

Dans le même ordre d'idées, l'œuvre du poète Yves Boisvert a transformé la langue vernaculaire, « le parler de fond de rang », en matériau poétique d'une façon inégalée en poésie québécoise. Boisvert a collecté des contes de tradition orale dans les villages forestiers de la Mauricie vers la fin des années 1970 pour le compte du linguiste Clément Légaré[154]. Il a récolté des récits auprès de Béatrice Morin-Guimond, de Saint-Alexis-des-Monts, dont le répertoire lui a été transmis par son père et grand-père forestier. Les récits ressemblent beaucoup aux contes d'Isaïe Jolin dont on a parlé précédemment. Encore des histoires de rois, de princes et de princesses perdus dans le bois, au plus profond de la forêt boréale, avec le fameux Ti-Jean pour leur tenir compagnie.

Le recueil *Une saison en paroisses mauriciennes* (2013) de Boisvert s'ouvre par deux chansons traditionnelles, soit « La complainte de Saint-Mathieu » et la célèbre « Complainte du Saint-Maurice ». La tradition orale et le travail de collectage ont joué un rôle fondateur dans l'œuvre du poète. La quête langagière et poétique de Boisvert

---

152. Voir Lise Gauvin, *op. cit.*, p. 104.

153. Voir respectivement *Chroniques de Kitchike* (2017), Wendake, Hannenorak ; l'essai « A-Ok ou la capitale du bonheur » qui clôt *Le basketball et ses fondamentaux* (2017), Montréal, Le Quartanier, p. 217-240 ; *De bois debout* (2017), Chicoutimi, La Peuplade.

154. Voir Clément Legaré *et al.*, *Beau sauvage et autres contes de la Mauricie*, Québec, Presses de l'Université du Québec, 1990.

est indissociable d'un rapport décomplexé et créatif avec la langue orale canadienne-française. À l'instar de Miron, il aimait entonner des chansons traditionnelles lors des soirées de poésie et sa préférée était « La complainte de Saint-Mathieu ». Dans son recueil posthume, intitulé *Sans sortir de la cabane* (2022) et édité par son ami Louis Hamelin, Boisvert propose un long poème d'une quarantaine de pages, « Baptiste et l'exotisme ». Ce long délire géographique, qui nous offre un tour du monde débridé et complètement déjanté, se termine par une chanson trad canadienne, « La complainte de Saint-Mathieu ». Ce n'est quand même pas banal que la quête d'exotisme de Baptiste, qui est allé partout sur la planète voir s'il y était, culmine dans la culture traditionnelle de sa patrie.

Portée par la tradition orale qui s'est infiltrée dans la littérature écrite au 19ᵉ siècle, la figure du voyageur a migré elle aussi vers les lettres canadiennes-françaises. Pierre-Joseph-Olivier Chauveau a écrit, dans son roman *Charles Guérin* (1853):

> Il semble en l'entendant [la chanson traditionnelle] sentir comme nos pères le canot d'écorce glisser sous l'impulsion de l'aviron rapide sur notre large et paisible fleuve, voir fuir derrière soi la forêt d'érables et de sapins et poindre dans quelqu'anse lointaine un groupe de blanches maisons, et le clocher du village étinceler au soleil[155].

Le roman de Chauveau aborde entre autres les difficultés de vivre au Bas-Canada sous la domination britannique. Dans ce contexte, les références à la chanson illustrent comment elle a pu être utilisée en

---

155. Pierre-Joseph-Olivier Chauveau, *Charles Guérin*, Montréal, G.H. Cherrier, 1853, p. 351.

tant qu'acte de résistance. Elle rappelle la liberté des ancêtres, se veut un acte de mémoire, une façon de prolonger le passé dans le moment présent. Elle crée un espace de médiation entre le lecteur – qui vit sous domination britannique – et le mode de vie des voyageurs, libres dans les grands espaces américains, tous ces hommes dont Taché chantera la gloire quelques années plus tard dans son ouvrage *Forestiers et voyageurs* (1863). C'est d'ailleurs lui qui, le premier, établira le parallèle entre les coureurs des bois et les bûcherons.

Un des legs canadiens-français à la culture québécoise est sans contredit la nostalgie associée aux coureurs des bois, aux gars de chantiers, aux êtres dont la façon de vivre était indissociable de la forêt. De tout temps, on a envié, voire idéalisé, la liberté associée au mode de vie des ancêtres. Le contenu du livre de Taché annonçait en quelque sorte les célèbres vers d'Alfred DesRochers : « Je suis un fils déchu de race surhumaine / Race de violents, de forts, de hasardeux[156]. » Par le biais de ce « fils déchu » dont les pères étaient « forestiers et voyageurs », DesRochers a réussi une authentique transition de la tradition orale à une culture canadienne de l'écrit, sans réduire la première à sa seule dimension politique ou nationaliste. Son œuvre reproduit la figure du truchement en réconciliant l'oralité et la littérature, la tradition et la modernité, l'artisan et l'artiste, le nomade et le sédentaire, les régionalistes et les exotiques, le travail manuel et intellectuel. Il dessine une voie de passage du terroir aux poètes du pays, de la chanson traditionnelle à Gaston Miron en passant par Félix Leclerc.

Le poète a souvent répété que la poésie est venue à lui par l'entremise des chansons traditionnelles, entonnées par son père et son entourage[157]. Le recueil *À l'ombre de l'Orford* (1929) est une ode au labeur et au courage des ancêtres canadiens, notamment par les nombreuses références à la tradition orale. Chaque poème de la section intitulée

---

156. Alfred DesRochers, *À l'ombre de l'Orford*, Québec, Bibliothèque québécoise, 1997 [1929], p. 21.

157. Voir « Dossier de presse 1922-1985 », Bibliothèque du Séminaire de Sherbrooke, 1986.

à juste titre « La naissance de la chanson » présente des extraits de chants traditionnels. Ceux-ci chapeautent des textes qui évoquent la vie des camps de bûcherons du 19ᵉ et du début du 20ᵉ siècles. La forme du sonnet fait écho à l'école parnassienne, mais le propos glorifie le mode de vie canadien et puise une partie de sa valeur poétique dans le folklore canadien-français. Ce dernier devient dans l'univers du poète un matériau littéraire aussi noble que la tradition poétique française. DesRochers a fait le pont entre les poètes surexcités par les lumières de l'Europe (exotiques) et ceux qui préféraient tourner leur regard vers le territoire américain (régionalistes). Cette opposition un peu simpliste appelle cependant quelques nuances. Ainsi, Émile Nelligan, le poète généralement associé à la naissance de la modernité littéraire au Québec, a écrit deux poèmes, « La chanson de l'ouvrière » ainsi que « Le mai d'amour », dont la forme est fortement inspirée par la chanson traditionnelle française du Moyen Âge, une des origines de la tradition orale canadienne.

Il faut se méfier des catégorisations trop simplistes et DesRochers a eu le mérite de proposer une issue à la querelle qui a défini la littérature canadienne-française au début du 20ᵉ siècle. Le poète a concilié la littérature française par la forme de ses poèmes et la tradition orale canadienne par la chanson traditionnelle de ses ancêtres. Celle-ci inspire au poète des sonnets écrits dans une langue canadienne, avec ses canadianismes, ses expressions en anglais et en vieux français. Dans le poème « City-Hôtel », dont l'exergue « Nous n'irons plus voir nos blondes » est tiré de la chanson « Dans les chantiers nous hivernerons », DesRochers évoque le moment où les hommes partent pour les chantiers : « Le sac au dos, vêtus d'un rouge mackinaw / [...] Les *shantymen* partant s'offrent une ribote / Avant d'aller passer l'hiver à la Malvina[158]. » Ces forestiers que présente le poète ne savaient pas ce qu'était un sonnet ; n'empêche, c'est cette forme inspirée de la littérature

---

158. *Ibid.*, p. 25.

française qu'a utilisée DesRochers pour chanter leur courage, honorer leur labeur.

À l'ombre de l'Orford, comme le titre l'indique, s'enracine dans le terroir des Cantons-de-l'Est. La Malvina dont il est question dans «City-Hôtel» se trouve aujourd'hui à être un chemin de terre qui relie les villages de Saint-Malo et de Saint-Venant-de-Paquette. Dans leur spectacle *Sur les traces du territoire* (2019), les Marchands de Mémoire y font référence par le biais d'une chanson d'inspiration traditionnelle intitulée «Sur la Malvina».

> *Sur la Malvina ta ti ta dla*
> *On roule, on rit, on jase*
> *Sur la Malvina*
> *C'est par là qu'on s'en va*
> *Sur la Malvina*
> *On chasse, on boit, on pêche*
> *Sur la Malvina*
> *C'est par là qu'on s'en va*
> *Sur la Malvina*
> *On s'aime, on vit, on rêve*
> *Sur la Malvina*
> *C'est par là qu'on s'en va*[159].

Ce texte se veut un clin d'œil à l'œuvre de DesRochers, à la chanson traditionnelle et au territoire qui se transforme en mémoire. Il montre comment la tradition orale peut passer par l'écrit avant de retourner vers des formes d'oralité contemporaines.

Cette dynamique se reproduit avec le poème «Campement de nuit». DesRochers met en exergue un extrait du texte «The Canadian boat song» écrit en 1804 par le poète irlandais Thomas Moore lors d'un

---

159. Marchands de Mémoire, *Sur les traces du territoire*, Sherbrooke, 2019, p. 33-34.

séjour au Canada. Moore partage dans cette chanson son admiration pour les chants des voyageurs canadiens-français. Elle collait tellement aux réalités de l'époque qu'elle a été traduite en français. Par la suite, elle a été adoptée et portée par la tradition orale[160], avant de retourner vers le monde de l'écrit grâce à Alfred DesRochers. Ce dernier se l'approprie en changeant le cadre géographique de la chanson qui glisse vers les Cantons-de-l'Est, puisque la rivière Ottawa y devient la rivière Saint-François : « Beau Saint-François, les feux du soir / Nous guid'ront sur ton rivag' noir[161]. » DesRochers reprend à son compte une pratique inhérente à la tradition orale, soit adapter les chansons ou les histoires à sa réalité, historique comme géographique. Le poète ne s'inspire pas que des thèmes présents dans les chansons traditionnelles : il est aussi marqué par leur esthétique, qu'il incorpore à la forme classique du sonnet.

Chez DesRochers, la chanson traditionnelle sert de contrepoint à la figure du voyageur et à celle du poète. Par exemple, elle met en valeur la rudesse du mode de vie des anciens, qu'ils soient coureurs des bois, forestiers ou défricheurs, mode de vie dont le poète ne se sent évidemment pas digne : « Et je songe, en voyant ces êtres surhumains, / Qu'à d'utiles labeurs ne servent pas mes mains / Mes mains où j'aperçois des callosités mortes[162]. » La glorification du travail manuel, omniprésente tant dans la chanson traditionnelle que dans la poésie de DesRochers, parcourt l'histoire de la littérature québécoise.

L'essayiste Jean-Pierre Issenhuth évoque ce phénomène dans un bref texte consacré au roman *Jean Rivard* (1862) d'Antoine Gérin-Lajoie : « Jean Rivard, me dit l'auteur, est un homme d'action. Ce n'est pas un activiste. Ce n'est pas non plus un oisif qui se regarde, se gratte

---

160. Voir l'album *Nagez rameurs* (2011) de Genticorum.
161. Alfred DesRochers, *op. cit.*, p. 36.
162. *Ibid.*, p. 41.

et se crée des malaises à raconter. Il a un projet à réaliser, dont l'action est la sœur du rêve. Il connaît la valeur du travail physique, machinal, essentiel à la pensée[163]. » De DesRochers à Issenhuth en passant par Miron, on retrouve partout dans la littérature québécoise « ces mains de cuir repoussé », « ce goût du fils et des outils[164] », comme si les vieilles chansons de métier par lesquelles tout a commencé continuaient à résonner dans l'inconscient collectif. *Les Cantouques* (1967) de Gérald Godin, mot tiré de l'anglais *cant-hook* qui désigne l'outil en forme de pic utilisé par les bûcherons pour déplacer les billots de bois, est un autre exemple des liens que les poètes ont essayé de créer entre la poésie et le travail manuel. Le choc entre ce dernier et l'univers intellectuel est également un thème central du roman de Jean-François Caron, *Bois debout* (2017), comme quoi la littérature québécoise n'a pas fini d'épuiser les influences de la tradition orale.

Le travail de conciliation entre la tradition et la modernité qui marque l'œuvre de DesRochers se retrouve également dans le célèbre roman de Germaine Guèvremont, *Le Survenant* (1945). L'écrivaine s'est inspirée du poète pour créer son personnage, digne héritier des coureurs des bois et forestiers. Si l'amour d'Angelina et l'amitié du père Didace font hésiter le « Grand Dieu des routes » entre le mode de vie ancestral et la vie sur la route, c'est cette dernière qui prévaudra à la fin. La figure du Survenant, lui qui connaît les chants traditionnels canadiens-français comme les vieilles chansons de marins qu'il entonne en anglais, qui est reconnu pour la qualité de son travail manuel comme pour ses connaissances sur le monde, évoque cette tension entre l'appartenance à la culture d'origine et l'ouverture sur le monde. En un sens, sa destinée rejoint celle d'un Jack Kerouac, qui toute sa vie aura cherché à renouer avec son héritage canadien-français en se perdant

---

163. Jean-Pierre Issenhuth, *Le jardin parle*, Montréal, Éditions Nota bene, 2019, p. 38.
164. Gaston Miron, *L'homme rapaillé*, Montréal, Éditions Typo, 1998, p. 53 et 147.

sur les routes. Ce n'est pas pour rien qu'avec le recul, plusieurs ont perçu le Survenant comme le premier Beatnik. De la tradition orale à DesRochers, du Survenant à Kerouac, l'imaginaire canadien se déploie aux quatre coins du continent au gré des déplacements et pérégrinations sur le territoire. Et ces derniers se poursuivent aujourd'hui, alors que de nouveaux Survenant se joignent à la francophonie américaine afin de continuer à faire entendre la langue française en Amérique, métissée des accents du monde. Ces nouveaux Survenant, avec leur culture d'origine et leur musique traditionnelle, enrichissent la chanson québécoise. Ainsi, le chanteur Juan Sebastian de la Robina, qui se décrit comme « Mexicain de cœur, Argentin d'âme et Gaspésien d'adoption », turlute à la manière canadienne dans ses chansons en espagnol sur son album *Somos* (2011). Plus récemment, le violoneux Dâvi Simard a interprété pendant le festival Mémoire et Racines « La turlutte à Alfred » en compagnie de la chanteuse Djely Tapa, du joueur d'oud Mohammed Masmoudi et du koriste Zal Sissokho. Leur performance, captée par l'équipe de la Fabrique culturelle[165], montre comment la musique traditionnelle est une façon de célébrer la diversité culturelle, l'apport de chaque nation à ce corpus que l'on appelle musiques du monde.

Les influences culturelles qui se font entendre dans la chanson traditionnelle renvoient en un sens à la difficulté de trouver un équilibre entre le local et l'universel, entre un attachement à un peuple et son territoire et une ouverture sur le monde. Ce dilemme se trouve au cœur de la démarche d'un Gaston Miron, qui partageait plusieurs points communs avec DesRochers, comme le suggère Pierre Nepveu dans la biographie qu'il consacre au poète : « Sans doute Miron peut-il reconnaître en son aîné [DesRochers] certaines valeurs que lui-même défend :

---

165. Voir la Fabrique culturelle : https://www.facebook.com/LaFabriqueculturelle.tv/videos/la-turlute-%C3%A0-alfred-par-d%C3%A2vi-simard-et-ses-invit%C3%A9s/3286338591608553/.

l'idée que l'universel doit s'enraciner dans le local, l'importance de la tradition et des liens communautaires, la sensibilité à la dimension américaine de la culture et de la société québécoises[166]. » Miron lui-même a écrit dans un texte intitulé « Un long chemin », d'abord paru dans la revue *Parti pris*[167] avant d'être repris dans *L'homme rapaillé* : « Je m'efforçais de me tenir à égale distance du régionalisme et de l'universalisme abstrait, deux pôles de désincarnation qui ont pesé constamment sur notre littérature[168]. » N'est-ce pas ce que fait la chanson traditionnelle ? Ne se tient-elle pas à égale distance du régionalisme – la preuve est qu'elle voyage – et de l'universalisme abstrait — la preuve est qu'elle s'enracine dans une culture donnée ? Et que dire du voyageur, qui se place lui-même comme une sorte de truchement entre une culture locale et un patrimoine culturel universel ? La chanson traditionnelle représente à la fois la mémoire du monde par son métissage et à la fois son inscription dans une histoire locale. Elle est altermondialiste dans son essence même. Oui, un autre monde est possible ! Mais il faut d'abord savoir l'entendre !

De la tradition orale à la littérature, la figure du voyageur offre une plongée au cœur de l'imaginaire québécois et franco-américain ; elle constitue l'élément de continuité par excellence de la culture canadienne, de la Nouvelle-France à la Révolution tranquille en passant par les périodes de l'après-conquête et de la survivance canadienne-française. Si elle occupe une place prépondérante dans la littérature, que ce soit chez les premiers auteurs canadiens comme Aubert de Gaspé

---

166. Pierre Nepveu, *op. cit.*, p. 226.
167. Voir Gaston Miron, « Un long chemin », *Parti pris*, vol. II, n° 5, janvier 1965.
168. Gaston Miron, *L'homme rapaillé*, *op. cit.*, p. 198.

père et fils et Joseph-Charles Taché ou des écrivains tels que Alfred DesRochers, Germaine Guèvremont et Gaston Miron, il demeure que c'est la chanson traditionnelle qui l'a réellement gardée en mémoire jusqu'à aujourd'hui.

À la fin du 19e siècle, l'époque de la traite de fourrures n'était plus qu'un lointain souvenir. Pourtant, les chants des voyageurs et autres chansons traditionnelles résonnaient encore dans les camps forestiers, tout comme dans les chaumières et les salles paroissiales canadiennes-françaises. Or, l'arrivée des premiers enregistrements a modifié en profondeur le rapport à la chanson traditionnelle. Ainsi, Eugène Danton est devenu vers 1898-1899 le premier artiste canadien-français à enregistrer à New York des grands classiques du répertoire folklorique, notamment « À la claire fontaine », « En roulant ma boule (Trois beaux canards) » et « La belle Françoise »[169].

Bien que le répertoire ait continué à circuler dans la culture populaire tout au long du 20e siècle, de veillée en veillée, les mécanismes de la transmission orale ont été à jamais changés lorsqu'ils se sont frottés aux moyens modernes de communication et de divertissement. En 1919, Édouard-Zotique Massicotte et Marius Barbeau ont organisé à Montréal des « veillées du bon vieux temps » avec plusieurs de leurs informateurs. Par la suite, dans la période de 1930 à 1960, des chanteurs et folkloristes populaires ont enregistré de nombreux albums de chansons traditionnelles: Ovila Légaré, Pierre Daigneault, Oscar Thiffault, Jacques Labrecque, Alan Mills, Hélène Baillargeon, etc.

Mary Travers, surnommée la Bolduc, est devenue la première grande vedette du disque québécois. Ses compositions originales faisaient écho à son héritage folklorique canadien-français et irlandais. Son œuvre a marqué l'enfance de Gilles Vigneault, grâce au gramophone et aux disques que son oncle avait rapportés à Natashquan : « Je n'ai

---

169. http://www.ameriquefrancaise.org/fr/article-148/Débuts_de_la_chanson_populaire_enregistrée_au_Canada_français.html#.ZA8v8S8r3RZ

jamais, depuis, commencé de faire *tam di de lam* sans penser au gramophone et à mon oncle [...][170] » Enfin, aux premiers enregistrements se sont ajoutées, à partir des années 1960, les émissions de télévision consacrées à la chanson traditionnelle telles que « Chez Isidore » et « Soirée canadienne ».

Comme on peut le voir avec l'exemple de Gilles Vigneault, la musique et la chanson traditionnelles ont inspiré la première génération de chansonniers québécois, qui ont eux aussi accordé une attention particulière à la figure du voyageur. On a souvent dit de Félix Leclerc qu'il représentait l'archétype de l'homme des bois. Seul sur scène, en France, avec sa chemise à carreaux, il incarnait aux yeux du public européen l'esprit d'aventure, l'attachement au territoire américain et la liberté du coureur des bois, du bûcheron, du draveur.

Dans le recueil *Andante* (1944), le texte « Dans la Mauricie » fait ressortir les principales caractéristiques du voyageur, tel qu'elles se sont prolongées dans les traits associés au bûcheron. Il y est question de Tourmaline et Niclaisse, deux bûcherons devenus amis. L'insouciance, l'esprit d'aventure, la recherche du plaisir sont des états d'esprit préservés par la chanson traditionnelle que Leclerc a repris à son compte dans le récit. De plus, le contraste entre le caractère de Tourmaline et celui de Niclaisse rappelle le jeune et le vieux coureur des bois mis en scène dans « La ronde des voyageurs ». L'œuvre de Félix propose un dialogue constant avec les fondements de l'imaginaire canadien. Ainsi, les draveurs de la Mauricie ont inspiré au poète la chanson intitulée « La drave ».

Ce texte reprend les motifs présents dans la « Complainte de la Saint-Maurice », soit l'éloignement, l'ennui, le dur labeur. Les bois représentent une certaine misère, alors que la terre familiale incarne l'espoir et la joie des retrouvailles. L'ambivalence entre les chantiers

---

170. Gilles Vigneault, *Le chemin montant*, Montréal, Éditions du Boréal, 2018, p. 44.

et le travail agricole marque d'ailleurs les représentations du voyageur dans les chansons écrites au 20ᵉ siècle. Leclerc a tenté de prendre à contrepied l'opposition simpliste mise de l'avant entre la figure du voyageur et celle de l'habitant, entre la liberté en tant que vecteur d'une certaine forme d'américanité et la conservation statique de la culture traditionnelle française. On oublie trop aisément que les voyageurs et les habitants étaient souvent les mêmes personnes ; dans l'industrie forestière en particulier, les travailleurs occupaient des emplois saisonniers et retournaient sur les fermes le printemps venu.

Dans l'imaginaire collectif, le mythe du voyageur a pris différentes formes au fil du temps et donné naissance à des figures intermédiaires comme celle du défricheur, qui selon le géographe Christian Morissonneau « appartient fondamentalement à la galerie nomade et doit être enlevé du portrait de la famille agricole [...] [L]e colon n'est pas un agriculteur. C'est l'homme des bois qui tire subsistance de l'environnement de façon hétéroclite[171] ». Dans son premier roman *Pieds nus dans l'aube* (1947), Leclerc présente le défricheur comme un éternel nomade, en quête de nouveaux territoires où vivre librement, selon ses propres codes et valeurs, en marge de la société. Il devient la figure liminale entre les bois et la terre, exactement comme le personnage du Survenant, créé par Germaine Guèvremont dans les mêmes années. Celui-ci connaît les travaux agricoles, est capable d'amitié avec le père Didace en partageant son amour de la terre, mais la route et l'ivresse qu'elle promet demeurent un désir impossible à assouvir, puisque les fondements de ce dernier sont précisément le manque d'enracinement. Ce qui pousse les hommes sur la route – le manque de racines –, ce qu'ils recherchent désespérément – un chez-soi –, se transforme en

---

171. Christian Morissonneau, *La terre promise : le mythe du Nord québécois*, Montréal, Hurtubise HMH, 1978, p. 113.

désir d'absolu parce que la vie sur les chemins ne fait que les éloigner encore davantage de leur quête.

L'œuvre colossale de Gilles Vigneault s'inscrit dans la dynamique qui existe entre la tradition orale et la chanson populaire ou la littérature. Sa première chanson est inspirée de la figure légendaire de Jos Montferrand. Dans une entrevue à Radio-Canada, il explique que dans la bibliothèque familiale, un des rares livres était la biographie de Jos Montferrand, rédigée par Benjamin Sulte, qu'il a lue au moins huit fois[172]. L'influence du géant se fait aussi sentir dans un texte comme « Tit-Paul la pitoune »,: « Amenez-en de la pitoune de sapins puis d'épinettes/ Amenez-en de la pitoune de quatre pieds/ Puis des billots de douze pieds/ C'est Tit-Paul qui est arrivé/ On n'a pas fini de draver. » L'élargissement du cadre de la figure du voyageur a permis de réconcilier la figure du forestier et celle du pionnier (défricheur). On retrouve dans l'ensemble de l'œuvre de Gilles Vigneault, ou encore dans la chanson culte « La bitt à Tibi » de Raoûl Duguay, un authentique imaginaire populaire qui s'est développé autour de la colonisation des régions du nord.

À son tour, Jean-Claude Mirandette propose la chanson « Coloniser » où s'efface l'opposition entre voyageur, défricheur et habitant.[173] Le verbe « coloniser » apparaît dans la chanson complètement départi de sa charge politique péjorative. Le texte se veut un hommage bien senti aux colons canadiens-français, à leur labeur, à cette folie d'aller coloniser les forêts du nord, à leur détermination et leur courage qui leur ont permis de s'enraciner, de former des familles, de fonder des villages. Par contre, il est vrai que la chanson de Mirandette demeure aveugle à ce que signifie réellement « coloniser », particulièrement lorsque l'on se place du point de vue des Premiers Peuples.

---

172. https://ici.radio-canada.ca/ohdio/premiere/emissions/dessine-moi-un-dimanche/segments/entrevue/136029/chanson-quebecoise-histoire-gilles-vigneault.

173. Voir notamment l'album *Chansons en noires et blanches* du duo Beaudry-Prudhomme.

D'autres chansons populaires marquantes, sans traiter spécifiquement de la figure du coureur des bois ou du bûcheron, abordent le thème du voyage et illustrent à quel point les départs et les retours des hommes ont marqué la culture canadienne-française à différentes époques. La chanson « Ô Marie », de l'auteur-compositeur-interprète et musicien Daniel Lanoie, traite du travail dans les champs de tabac des provinces maritimes et a été reprise sur l'album *Nouvelles fréquentations* (2010) des Charbonniers de l'Enfer. La célèbre chanson « La Manic » de Georges Dor reprend aussi le thème de l'ennui, dans le contexte cette fois des bâtisseurs de barrages du Nord québécois. Il réside peut-être là le secret de la longévité de la figure du voyageur : il y a toujours eu ces départs et retours d'hommes partis gagner leur vie bien loin de leur famille, dans l'immensité américaine.

Les figures du voyageur, de l'habitant et du défricheur sont également bien présentes dans l'œuvre de Lawrence Lepage, un chanteur au destin bien particulier. Après avoir connu un certain succès au début des années 1970, Lepage est rentré dans ses terres dans le Bas-du-Fleuve et a renoncé à la vie publique, mais sans jamais arrêter d'écrire. Dans le documentaire que lui consacre le cinéaste Guillaume Lévesque[174], Lepage se définit d'abord comme un homme des bois, avant d'être un chanteur. Il rappelle que dans sa jeunesse, avant de se rendre à Montréal pour y chanter, il a adopté l'existence du voyageur, travaillant dans les chantiers et pratiquant la trappe.

Après avoir abandonné une carrière musicale, il est rentré chez lui, dans le bois, où il a vécu dans « le respect de soi », en prenant la mesure du temps qui passe, à l'abri des grands courants sociaux : « Je garderai toujours en mémoire / Un tout petit ruisseau qui descendait chaque printemps / Porter ses premiers espoirs à la rivière. » On aurait tendance à lire dans cette métaphore l'histoire des francophones en Amérique, la destinée silencieuse mais tenace de ce peuple de travailleurs forestiers,

---

174. Voir le film *Le silence de Lawrence*, de Guillaume Lévesque, vitheque.com.

d'ouvriers, de taiseux qui font leur petite affaire sans rien demander à personne: «Toi qui as passé ta vie / À travailler au bois / À bûcher ton ennui / À la sueur de tes bras / Ben moé j'te dis amour[175].» Cette déclaration d'amour aux siens est empreinte de l'humilité du petit cours d'eau, mais peut-être aussi de la résignation de ne jamais devenir «fleuve».

Dans tous les cas, en abandonnant la vie publique, Lepage a opté pour le murmure du ruisseau au détriment des grandes promesses, exactement comme la narratrice de sa chanson la plus célèbre, «Mon vieux François»: «Tu sais mon vieux François / La ville c'est pas pour moé / Retournons dans notre île emmène-moé avec toé / Icitte y'a trop d'machines ça sent le renfermé / Et pis bonté divine on voit pas nos journées.» À force d'entendre des versions différentes de «Mon vieux François», que ce soit sur un vieux disque des Karrik, sur celui d'une chanteuse comme Stéphanie Gagnon ou de l'ensemble vocal Musique à bouches[176], on peut se demander pourquoi cette chanson parle à tant de gens, pourquoi nous sommes si nombreux à adhérer à cette nostalgie du territoire d'origine. Et si cette ambition si simple, voir ses journées, n'était pas ce qu'un peuple pouvait demander de mieux: «Ben moé je vais vous dire / Quand on est seul dans la vie / Faut pas pleurer, mais rire / Ben moi je vous dis mes amours / Aimons-nous les uns les autres / Avec le cœur de toutes nous autres.»

Grâce au chanteur Yves Lambert et surtout à son ami et artiste Stéphane Arsenault, Lepage a fait un retour en 2012 avec un album, *Le temps*, quelques mois avant de mourir le jour de Noël. Il a pu renouer avec la scène, accompagné par Lambert lui-même et par de jeunes musiciens du milieu trad. Son œuvre s'est alors transmise à de nouvelles générations; ses chansons, habitées par les gens du pays, partagent les rêves et les revers des habitants, «une poignée d'hommes qui ont

---

175. Voir l'album *Enfin* (1976). À noter que plusieurs chansons de Lawrence Lepage ont été rééditées sur l'album *Le temps*, paru en 2012 à La Prûche libre, la compagnie de disques d'Yves Lambert.

176. Parue respectivement sur les albums *Les Karrik* (1972), *L'hirondelle* (2011) et *En spectacle* (2009).

trimé d'une étoile à l'autre pour leur survie / Une poignée d'hommes qui sont passés juste à côté de la vie ». Il a chanté les racines du pays et a décidé de s'y agripper pour ne pas les perdre, quitte à sacrifier sa carrière. Ses textes transmettent la nostalgie des anciennes façons d'habiter le territoire, avec « le pays en pleine face ». Dans des chansons comme « Jean-du-Lac » ou « J'ai dans la tête »[177], le chanteur évoque l'ensemble des figures s'étant substituées à celle du coureur des bois, soit le bûcheron, le draveur, le défricheur.

[...]
J'ai dans la tête des écluses au printemps
Le lac Morin, la chute à Rock, les trois p'tits sauts
Les sueurs du bûcheron, la danse des draveurs
Un peu de pain pour le colon, le défricheur
J'ai dans la tête une rivière et des roseaux
Quelques chaloupes, virées à l'envers sur l'bord de l'eau
Les frères Marquis ouvraient les pelles pour lâcher l'eau
Pour faire descendre dans le courant cent mille billots
[...]

La géographie, le travail du bois, les ouvrages de la terre, tout est là, amplifié par la poésie de Lepage. Dans la chanson « Bayard »[178], c'est un chasseur qui se voit élevé au rang de légende. On reconnaît dans l'ouverture une référence aux premiers vers du chant folklorique « Trois beaux canards » (Trois beaux canards s'en vont baignant, le fils du roi s'en va chassant) : « Sans bruit Bayard s'en va chassant, la gueule ouverte, la langue au vent/ Deux cents outardes s'en vont baignant, à marée haute, derrière au vent. » Cette actualisation d'un chant traditionnel

---

177. « Jean-du-Lac » se trouve sur l'album *Enfin* (1976) alors que « J'ai dans la tête » remonte au premier album éponyme de Lawrence Lepage, paru en 1964.

178. Chanson parue initialement sur l'album éponyme (1964).

dans une chanson originale est un procédé souvent repris aujourd'hui, par exemple par un groupe comme Mes Aïeux. Le portrait de Bayard, qui partage des airs de famille avec le « Berlu » de Gilles Vigneault, a des accents rabelaisiens qui illustrent à quel point l'œuvre de Lepage magnifie la culture canadienne, mythifie les hommes et les femmes de son pays. Des personnages comme Bayard, qui vivent « en pleine nature », constituent le cœur du peuple, le noyau dur de la mémoire qu'il faut préserver et transmettre aux autres générations.

« Salut ma grosse » est quant à elle une chanson sous forme d'échange épistolaire dans laquelle Lepage présente de façon humoristique la vie des voyageurs.

> *Salut ma grosse, comment ça va?*
> *J't'envoye cent piasses gagnées dans l'bois*
> *J'ai travaillé pendant un mois*
> *Matin au soir pour gagner ça.*
> *Achète-toi une robe de dimanche,*
> *Des bottes, des souliers aux enfants.*
> *Envoye deux piasses icitte et là,*
> *Pour payer les dettes qu'on a.*
> [...]

Tout comme dans « La complainte du Saint-Maurice », mais cette fois-ci sous le sceau de l'humour, on reprend le motif du gars de chantier qui envoie une lettre à l'amoureuse laissée derrière, à la maison. La vie dans le bois, la vie de chantier, semble représenter pour ces hommes une parenthèse à leur véritable existence, sur la terre, avec la famille, dans leur paroisse. L'état d'esprit du narrateur de la chanson, la légèreté ressentie à l'idée du retour à la maison, fait écho à la finale du texte « La drave » de Leclerc. Les hommes montent dans le bois par nécessité, mais leur cœur semble enraciné sur leur terre.

Cette recherche du compromis, de cet équilibre, présente cette difficulté du Canadien français à trouver sa place en Amérique, lui qui reste déchiré entre la vie dans les bois et le travail de la terre, entre la campagne et la ville, entre une américanité assumée vectrice d'une identité ouverte et une forme de loyauté à la tradition française.

La chanson «Monsieur Marcoux» de Lawrence Lepage condense l'état d'esprit originel du Québécois, du Canadien français, de l'ancien Canadien, du Canadien errant. Le texte prend sa source dans ce que signifie être né dans un pays qui se déploie en s'ignorant, des rives d'un grand fleuve qui irrigue l'histoire française en Amérique jusqu'aux confins du continent où elle se perd et disparaît. Et si le blues des francophones d'Amérique trouvait ses racines dans ces rendez-vous manqués, dans ces promesses non tenues envers soi-même? Les chansons de Lepage, le mythe qui s'est créé autour de l'artiste, parlent des sources de notre pays, d'une façon canayenne de voir la vie, empreinte du territoire, de la langue et des histoires des gens de la Franco-Amérique. Ses textes nous ramènent d'où nous venons, nous rappellent ce que nous sommes profondément en tant que peuple en nous parlant de nos peurs, nos doutes, nos échecs, transcendés par notre immense envie de rire et de chanter.

Le poète Sylvain Rivière, qui a consacré un ouvrage à l'œuvre de Lawrence Lepage, *Chapeau dur et cœur de pomme* (2000), est d'avis que la finale de «La turlute de mon pays» représente à la perfection le legs de l'artiste: «Quand tu iras au bout de toi / tu retrouveras ton pays / Tu cesseras d'être à genoux / Et tu verras venir les loups / Ce matin c'est la première neige / Un renard suit une perdrix / Le lièvre a laissé des pistes fraîches / Pour les loups qui sortent la nuit.» Et les pistes fraîches de Lepage, ce sont les chansons qu'il nous a léguées, les mélodies nostalgiques qui restent en tête. Des turluttes, une guitare, un peu de violon... Et nous voici chez nous!

L'œuvre de Lawrence Lepage, et l'ultime écho qu'elle a eu avant la mort du chanteur, montre bien que la figure légendaire du bûcheron, et l'ennui de la femme laissée en arrière sur la terre, a continué à occuper une place particulière dans l'imaginaire franco-américain bien longtemps après la disparition du mode de vie des voyageurs. On retrouve par exemple plusieurs mentions des bûcherons et draveurs dans l'œuvre de Tex Lecor («Noël au camp», «Le grand Jos»). La chanson «The draveur» présente toutes les caractéristiques du voyageur, mais dans une forme bilingue qui illustre l'anglicisation des bûcherons canadiens-français et rappelle le traditionnel «La chanson à l'anglaise», repris par les groupes La Veillée est jeune et Galant tu perds ton temps.

À partir des années 1960-1970, la figure du voyageur a sans cesse été remodelée en fonction du contexte sociohistorique. Ainsi, le projet d'indépendance nationale a influencé l'écriture de la chanson «Le grand six pieds» de Claude Gauthier. Le voyageur est alors devenu un «Québécois», qui s'apprêterait à voter «oui» à un éventuel référendum. Elle a d'ailleurs été reprise par les groupes La Volée d'Castors en 2010 et Le Bal à l'huile en 2013. En même temps qu'elle traduit la fierté d'être Québécois, elle consomme aussi une forme de rupture avec les autres francophones d'Amérique. Dans un texte comme celui de Gauthier, mais aussi dans la chanson «Les clefs de mon pays» de La Vesse du loup qui fait référence au «Grand six pieds», le voyageur est réduit à sa seule identité québécoise et se voit coupé de ses liens avec les figures historiques du truchement, coureur des bois, forestier. D'une certaine façon, c'est la relation avec le territoire américain qui s'est quelque peu effacée. On peut penser qu'avec la montée du mouvement nationaliste québécois, un imaginaire associé à l'ensemble du territoire américain n'était plus compatible avec le rêve politique de souveraineté et il a donc fallu redéfinir les frontières de la patrie et de notre imaginaire. Cette redéfinition était déjà bien entamée par les intellectuels du 19e siècle qui ont créé le mythe du Nord pour favoriser notamment la colonisation des régions du Bouclier canadien (Laurentides, Lanaudière, Abitibi, Mauricie, Saguenay-Lac-Saint-Jean)[179].

---

179. Voir Christian Morissonneau, *op. cit.*

Pourtant, dans le Canada français et la Franco-Amérique hors Québec, des versions plus anciennes de la figure du voyageur sont restées bien vivantes dans la culture populaire. On pense par exemple aux nombreux festivals : Festival du Voyageur à Saint-Boniface/Winnipeg au Manitoba, Festival du Bois à Maillardville, en Colombie-Britannique, Festival du patrimoine des bûcherons à Kapuskasing, en Ontario, etc. L'hymne du Festival du Voyageur de Saint-Boniface, composé par l'artiste franco-manitobain Daniel Lavoie, exprime de façon éloquente l'héritage du voyageur.[180]

La chanson traditionnelle a poursuivi son chemin, continuant de véhiculer la figure du voyageur, sans cesse réactualisée selon les mouvements de société et les rencontres avec d'autres cultures. Dans les années 1970, la musique folklorique a connu un véritable renouveau associé au mouvement nationaliste québécois et à une reprise en main de l'héritage culturel canadien-français. Des groupes comme Le Rêve du Diable et La Bottine Souriante ont alors connu beaucoup de succès.

Un évènement est particulièrement important dans cette réappropriation de la musique traditionnelle : « La Veillée des veillées » de 1975. Cette soirée a eu lieu dans le cadre de la troisième édition des Veillées d'automne, un festival présenté à la salle Le Plateau à Montréal. Le cinéaste André Gladu en a tiré un documentaire qui a eu un très grand rayonnement. Pour le musicien et folkloriste David Berthiaume, membre du groupe Réveillons, cet évènement est devenu un mythe, un peu à l'image de Woodstock pour les amateurs de musique rock[181]. Un parallèle peut être établi avec La nuit de la poésie de 1970 pour la résistance politique, sociale et identitaire que ces deux événements mettaient de l'avant.

« La Veillée des veillées » était porteuse de plusieurs valeurs dominantes de la communauté trad actuelle : actualisation des traditions,

---

180. Paroles : Daniel Lavoie, Timbre : Chevalier de la Table Ronde, Hymne du Festival du Voyageur de Winnipeg.

181. http://mnemo.qc.ca/bulletin-mnemo/article/les-veillees-d-automne-a-montreal

résistance à la commercialisation de la culture, solidarité internationale avec les nations minoritaires. Cette fraternité entre les peuples se fait d'ailleurs sentir sur l'album *Cordial* (2001) de La Bottine Souriante, qui propose des chansons traditionnelles canadiennes avec des arrangements de musiques du monde. Plusieurs autres formations ont par la suite emboîté le pas, par exemple Les Batinses, Perdu l'Nord, La Volée d'Castors, les Charbonniers avec La Nef, le multiinstrumentiste Jean-François Bélanger, Les Grands Hurleurs qui se sont inspirés de rythmes africains sur leur album *Petit grain d'or* (2011).

La question de l'appropriation culturelle pourrait évidemment être soulevée ici. Or, ce qui est en jeu dans ces projets, c'est davantage le désir des musiciens de faire résonner le répertoire traditionnel canadien avec les autres musiques du monde, c'est le talent des artistes sensibles au métissage entre différentes traditions, c'est la mise en valeur du dialogue entre cultures à la base de la chanson traditionnelle qui se déploie jusqu'à nos jours.

Dans le documentaire *Comme des démons*[182] (2011), consacré à la Bottine Souriante et à leur renommée internationale, un musicien, Hassan El Hadi, raconte comment la musique trad québécoise ressemble à la musique berbère. Un joueur d'accordéon d'origine dominicaine, Joaquin Diaz, évoque quant à lui les ressemblances entre le merengue et les *reels* québécois, eux-mêmes inspirés de la musique celtique. Il est question d'échanges culturels réciproques, de partage, de communion grâce à la musique. On plonge dans la générosité caractéristique du milieu de la musique traditionnelle ou musiques du monde, à des milles à la ronde du débat sur l'appropriation culturelle. Celui-ci dresse trop souvent les différentes communautés les unes contre les autres, au lieu de chercher des voies de passage pour entamer des dialogues, à partir de la musique, le langage universel que se partagent tous les peuples.

---

182. Voir La Bottine Souriante, *Comme des démons*, sur Vimeo.

DE LA TRADITION ORALE À LA LITTÉRATURE ÉCRITE, À LA CHANSON D'AUJOURD'HUI

Il est dommage que les artistes importants de la musique traditionnelle soient relativement peu connus au Québec malgré le succès qu'ils remportent sur la scène internationale. On pense à des groupes comme De Temps Antan, Genticorum, Les Grands Hurleurs, Les Tireux d'Roches ou encore le Vent du Nord. Ce groupe parcourt les salles de spectacles et les festivals de musique traditionnelle du monde entier à la rencontre d'autres cultures, d'autres sons, d'autres inspirations poétiques. Les musiciens du groupe sont les dignes descendants des voyageurs, des truchements, allant à la rencontre d'autres cultures avec leurs chansons et leurs traditions, dynamisant et gardant sans cesse «la parole en voyage», comme l'écrit Joséphine Bacon.

Le Vent du Nord est reconnu pour le mélange que le groupe propose entre des chansons traditionnelles réarrangées et des chansons originales écrites par Nicolas Boulerice. Parmi celles-ci, plusieurs abordent l'histoire des francophones en Amérique : «Montcalm», «Octobre 1837», «Lettre à Durham», «Confédération», «Papineau». Sur l'album *20 printemps* (2022), qui célèbre les deux décennies de carrière du groupe, on retrouve la chanson «Amériquois», terme inspiré d'un poème de Gilbert Langevin, dans laquelle on retrace l'histoire des Franco-Américains, des «découvreurs encanotés» jusqu'aux carrés rouges de 2012 en passant par les bûcherons. La chanson fait également écho à l'essai de Jean Désy, *Amériquoisie* (2016), dans lequel le poète réfléchit aux relations qu'il a créées avec les Innus, les Inuit et les Eeyous au gré de ses pérégrinations sur le territoire nordique.

L'héritage des voyageurs, leur langue, leurs chants et leurs histoires se sont transmis jusqu'à nous grâce au travail de plusieurs groupes et artistes de la musique traditionnelle. Encore récemment, le projet «Hommes des bois» de Simon Rodrigue a accouché d'un film documentaire et de deux albums de chansons et contes visant à valoriser la mémoire des bûcherons et draveurs québécois. Le milieu de la musique traditionnelle n'a manifestement pas épuisé la figure mythique du voyageur, qui chante aux quatre coins de l'Amérique du Nord depuis plus de 400 ans.

CONCLUSION

CONCLUSION

À travers les multiples incarnations de la figure du voyageur, la chanson traditionnelle a transmis une langue, une mélodie, un rythme, bref une vision du monde enracinée dans les réalités géographiques, sociales, culturelles et historiques du continent américain. En fait, l'imaginaire canadien et la figure du voyageur ont réussi à se perpétuer jusqu'à nous, mais en pièces détachées. D'un côté, les chansons et la musique traditionnelles proposent un truchement entre l'Europe et l'Amérique, créent des ponts entre la culture française et canayenne, intègrent des influences culturelles les plus diverses, des Premiers Peuples aux Irlandais; elles se sont inscrites dans les modes de vie des coureurs des bois et autres forestiers, ont défini leur quotidien, ont accompagné la naissance du peuple franco-américain, dont l'état d'esprit s'est propagé par la suite à travers la tradition orale, mais également par le biais de la littérature et des arts. De l'autre côté, les relations ambiguës que les Franco-Américains ont développées avec les Premiers Peuples, passées dans le tordeur du colonialisme français, britannique et canadien, n'ont eu d'égal que les liens rompus avec le territoire, amputé et spolié, avec des rivières harnachées et aménagées, des forêts surexploitées.

Que reste-t-il de cette culture de l'ambivalence, de cette disposition au monde à la fois européenne et américaine, de ce peuple qui se pense nouveau tout en puisant aux sources de cultures millénaires, qui se dit attaché au territoire tout en poursuivant sa destruction? À partir des traces, bribes et échos des chansons et histoires qui sont parvenues jusqu'à notre 21e siècle numérique et virtuel, comment peut-on entretenir la mémoire sans la trahir, la transmettre dans toute sa complexité et ses nuances, en n'éludant pas ses ambiguïtés et ses tares? Gérard Bouchard a écrit, dans un texte paru dans le journal *Le Devoir*:

> J'ai parlé de passerelles, à savoir des objets, personnages, sites ou autres qui se qualifieraient comme matière à mythification. J'en ai reconnu quatre. La présence autochtone en est une, tout comme le territoire et la langue française [...] Le peuple constitue le quatrième élément et, dans mon esprit,

le pivot peut-être, du fait qu'il est étroitement lié aux trois autres. Les «habitants» ont en effet mis en valeur, parcouru et «nommé» le territoire. Ils ont établi avec les Autochtones de véritables rapports d'amitié, sans fanfare. Et ils nous ont légué non pas la langue de l'aristocratie, mais celle, musclée et rebelle, du «pays». On voudrait connaître mieux ces couches populaires où se trouvent nos vrais ancêtres. D'importants progrès ont été faits. Certains épisodes sont mieux connus (le cas des Filles du roi, par exemple). Mais il reste beaucoup à découvrir[183].

Comment renouer avec la langue de ces ancêtres qui ont si peu écrit? Comment entendre ce que ces couches populaires ont eu à dire sur leur propre destinée, elles dont l'histoire officielle n'a presque rien retenu? Nous avons fait le pari de retourner vers leurs chansons et leurs histoires. D'abord pour savourer le plaisir qu'elles nous procurent. Ensuite, pour l'émotion profonde que nous ressentons quand nous les entendons résonner encore aujourd'hui. Partout en Amérique, même quand les gens ne parlent plus français, ils le chantent encore et les *reels* endiablés du violon continuent de nous faire danser, de nous faire rêver, de nous faire taper du pied. D'autres l'ont fait avant nous, ils nous ont légué leurs chansons. À nous d'en prendre soin, de passer la voix à la prochaine génération.

Questionner le passé à partir d'un répertoire oral réinterprété à l'aune de nos préoccupations actuelles peut mener à certains pièges: le nationalisme ethnique, l'idéalisation du passé, l'édification d'une culture au détriment des autres. Comment éviter ces écueils? En n'oubliant pas que les traditions orales ne proposent pas seulement un dialogue avec leur soi-disant culture d'origine, dans notre cas la culture canadienne, canadienne-française ou québécoise, mais bien avec le reste du monde. Comme le montre le travail de mise en valeur du

---

183. Gérard Bouchard, «Retour sur les mythes fondateurs», *Le Devoir*, 29-30 janvier 2022.

CONCLUSION

Conseil québécois du patrimoine vivant réalisé en lien avec les initiatives de sauvegarde du patrimoine vivant immatériel de l'UNESCO, les traditions orales sont la mémoire de l'humanité et elles ne sont jamais plus intéressantes que quand elles revêtent des couleurs inattendues, quand elles se métissent pour chanter la beauté des peuples qui «ont des ancêtres / et qui le savent et les honorent», comme l'a écrit le poète Michel Garneau dans le texte de présentation de l'album *En personne* (2005) des Charbonniers de l'enfer.

Plusieurs projets plus récents nous font vibrer, car ils nous «montrent à nous-mêmes / ce que nous serons / quand nous serons tout à fait désaliénés / et ayant cessé de toujours croire / que ce qui est sourcé / ailleurs / est toujours meilleur» (Michel Garneau). Parmi ces nouvelles propositions artistiques, il y a le duo composé du chanteur Simon Beaudry et du musicien Philippe Prud'homme. Les deux musiciens mélangent le piano classique et la chanson traditionnelle sur l'album *Chansons en noires et blanches* (2020). Les pièces s'inspirent autant des arrangements classiques du début du 20e siècle (Benjamin Britten, Joseph Canteloube) que de créations d'auteurs compositeurs (Léo Ferré, Gilles Vigneault, Jean-Claude Mirandette) sans oublier les chansons traditionnelles. Leur travail illustre l'universalité de la chanson trad et rappelle les influences diverses qui la traversent, qu'elles soient européennes ou américaines, issues de la culture savante ou populaire, de l'écrit ou de l'oral.

Un autre exemple fort inspirant est le travail de la musicienne Myriam Gendron, notamment sur son album *Ma Délire. Songs of Love, Lost and Found* (2021). Elle entremêle dans une grande liberté des airs traditionnels des États-Unis, de la Franco-Amérique, de l'Europe. Elle passe de l'anglais au français, selon ce que la chanson lui inspire, comme nous l'avons montré avec «Poor girl blues». Elle propose une version remuante de «Shenandoah», un air traditionnel popularisé par plusieurs artistes, notamment Bruce Springsteen et Bob Dylan. Contrairement à ces derniers, elle le chante en français et la langue prend tout son sens alors que le narrateur est un coureur des bois sur le Missouri, tombé en amour avec une femme de la nation onneiout. On est au cœur ici de la vie des voyageurs, des francophones d'Amérique. Tout y est : le territoire, la rivière, le coureur des bois, les Premiers Peuples, le mystère de ce qui est advenu de ces destinées. Que la chanson ait été popularisée en anglais ne nous surprend guère, mais ne doit pas non plus nous faire oublier ses origines canadiennes. Sa trajectoire est un écho à celle de Kerouac, encore lui, ce romancier qui a écrit ses œuvres en anglais même s'il les rêvait d'abord dans la langue de sa mère.

Il y a aussi l'album *Archives* (2021) de Cédric Dind-Lavoie. Le contrebassiste jazz de formation crée des arrangements inédits sur des chansons traditionnelles interprétées *a cappella*. Il part de vieux enregistrements des archives de l'Université Laval et de l'Université de Moncton et invente de nouveaux arrangements s'intégrant aux versions de base. Le travail de Dind-Lavoie ressemble à celui du musicien wolastoqiyik Jeremy Dutcher, qui crée des pièces musicales originales à partir des enregistrements de ses ancêtres parlant le wolastoqey.

Même si elle n'est pas toujours reconnue à sa juste valeur, la musique traditionnelle a de tout temps influencé la vie artistique et intellectuelle québécoise. Par exemple, à la fin des années 1990, un groupe associé à la scène alternative, Groovy Aardvark, avait surpris tout le monde avec la chanson « Boisson d'avril ». La musique d'inspiration traditionnelle relayait des couplets à répondre et les musiciens étaient accompagnés par Yves Lambert, figure incontournable s'il en est une dans le domaine de la chanson traditionnelle. Plus récemment, Pierre Lapointe, artiste plutôt associé à la postmodernité et à l'avant-garde, proposait sur son album *La forêt des mal-aimés* (2006) la pièce « Nous n'irons pas », une actualisation très créative du traditionnel « Nous n'irons plus au bois ». Notons que la musicienne Josiane Hébert, membre du groupe Galant tu perds ton temps, accompagnait à l'époque le chanteur. On peut imaginer l'influence qu'elle a pu avoir sur l'univers artistique de son ami.

Ces exemples montrent toute la pertinence de la chanson traditionnelle. Elle accompagne la culture franco-américaine depuis l'arrivée

CONCLUSION

des colons européens en Amérique. Elle s'est transformée au gré des contacts heureux et malheureux avec les premiers occupants du territoire ; les saisons, la géographie, l'espace américains ont métamorphosé ses rythmes ; l'évolution de la culture canadienne, canadienne-française, québécoise l'a mis au défi du quotidien, du passage du temps, celui du peuple, des travailleurs, des familles. À bien des égards, son histoire se trouve à la frontière entre les langues, entre les territoires, entre l'oubli et la mémoire, entre le passé et l'avenir.

Ce livre, *En montant la rivière*, a été écrit par deux amis réunis par le hockey qui partagent une passion commune pour la chanson trad, la tradition orale, l'histoire de la Franco-Amérique. Il se veut un appel à écouter ce que nous racontent les vieilles chansons, les vieilles histoires. Non pas pour les figer dans un passé qui va disparaître avec le passage des générations, mais pour voir ce qu'elles peuvent encore nous apprendre sur nous-mêmes, sur nos rapports avec les autres, sur les territoires qui nous font vivre.

Inspirés par la tradition orale canayenne, ces mots sont une invitation à nous rencontrer sur la ligne de partage des cultures afin de reconnaître l'être humain en nous, c'est-à-dire celui qui a besoin des autres pour exister, qui a besoin des autres pour se mettre à chanter.

Une veillée s'organise, retrouvons-nous-y !

RÉFÉRENCES

RÉFÉRENCES

Au pays des Bois-Brûlés, Cahier-souvenir du spectacle folklorique, février 1977, Collège universitaire de Saint-Boniface.

BARBEAU, Marius, *Alouette!*, Montréal, Les éditions Lumen, 1946.

BARBEAU, Marius, *En roulant ma boule*, Ottawa, Musées nationaux du Canada, 1982.

BARBEAU, Marius, *Le roi boit*, Ottawa, Musées nationaux du Canada, 1987.

BEAUDOIN, Raymonde, *La vie dans les camps de bûcherons au temps de la pitoune*, 2e éd., Québec, Septentrion, 2016.

BÉLAND, Madeleine, *Chansons de voyageurs, coureurs de bois et forestiers*, Québec, Les Presses de l'Université Laval, 1982. Bénéteau, Marcel, *Aspects de la tradition orale comme marqueurs d'identité culturelle: le vocabulaire et la chanson traditionnelle des francophones du Détroit*, thèse de doctorat, Université Laval, 2001.

BÉNÉTEAU, Marcel, «La chanson traditionnelle du Détroit», *Mnémo*, vol. 5, n° 3, 2001: Centre Mnémo (mnemo.qc.ca).

BIBEAU, Gilles, *Les Autochtones. La part effacée du Québec*, Montréal, Mémoire d'encrier, 2020.

BOUCHARD, Gérard, *Genèse des nations et cultures du Nouveau Monde*, Montréal, Éditions du Boréal, 2000.

BOUCHARD, Gérard, «Retour sur les mythes fondateurs», *Le Devoir*, 29-30 janvier 2022.

BOUCHARD, Serge et Marie-Christine Lévesque, *Ils étaient l'Amérique. T. 3. De remarquables oubliés*. Montréal, Lux, 2022.

BOUCHER, Alain, «Le retour de *pipun* et de *nipin*», *Littoral*, n° 15, 2020.

BOULERICE, Nicolas, «Invitation à la musique traditionnelle québécoise», Conseil québécois de la musique, 2019.

BOULERICE, Nicolas, *Les ouvrages du temps en quatre saisons*, Montréal, Éditions Tryptique, 2021.

CASGRAIN, Henri-Raymond, *Légendes canadiennes*, Québec, Atelier typographique de J. T. Brousseau, 1861.

CASGRAIN, Henri-Raymond, *Œuvres complètes*, Québec, C. Darveau, 1875.

CHAUVEAU, Pierre-Joseph-Olivier, *Charles Guérin*, Montréal, G.H. Cherrier, 1853.

DE Gaspé, Philippe Aubert, *Les Anciens Canadiens*, Montréal, Fides, 1864.

DELÂGE, Denis, *Le pays renversé. Amérindiens et Européens en Amérique du Nord-Est 1600-1664*. Montréal, Éditions du Boréal, 1991.

DEMERS, Olivier, *1000 airs du Québec et de l'Amérique francophone*, 2020.

DENEAULT, Alain, *Bande de colons: une mauvaise conscience de classe*, Montréal, Lux Éditeur, 2020.

DESROCHERS, Alfred, *À l'ombre de l'Orford*, Québec, Bibliothèque québécoise, 1997 [1929].

DRAPEAU, Lynn (dir.), *Les langues autochtones du Québec: un patrimoine en danger*, Québec, Presses de l'Université du Québec, 2011.

DUPONT, Jean-Claude, *Légendes du Saint-Laurent II — De l'Île-aux-Coudres à l'Île d'Anticosti*, Bibliothèque Nationale du Québec, 1985.

DUPONT, Jean-Claude et Jacques Mathieu, *Héritage de la francophonie canadienne — Traditions orales*, Québec, Presses de l'Université Laval, 1986.

DUPONT, Jean-Claude, *Contes de bûcherons*, Québec, Éditions Nota bene, 2002 [1976].

FERLAND, Claude, *Cadiens et voyageurs. Un parcours singulier au Pays d'en-Haut*, Québec, Les éditions GID, 2016.

FRENETTE, Yves, *Brève histoire des Canadiens français*, Montréal, Éditions du Boréal, 1998.

GAGNON, Ernest, *Chansons populaires du Canada*, Québec, Foyer canadien, 1865.

GAUVIN, Lise, *Aventuriers et sédentaires: parcours du roman québécois*, Montréal, Éditions Typo, 2014.

GIROUX, Dalie, *Parler en Amérique: oralité, colonialisme et territoire*, Montréal, Mémoire d'encrier, 2019.

GIROUX, Dalie, *L'œil du maître. Figures de l'imaginaire colonial québécois*, Montréal, Mémoire d'encrier, 2020.

HAVARD, Gilles, *L'Amérique fantôme: les aventuriers francophones du Nouveau Monde*, Montréal, Flammarion, 2019.

HOWARD, Joseph Kinsey, *L'Empire des Bois-Brûlés*, Winnipeg, Éditions des Plaines, 1989.

RÉFÉRENCES

ISSENHUTH, Jean-Pierre, *Le jardin parle*, Montréal, Éditions Nota bene, 2019.
KEROUAC, Jack, *Sur la route*, Paris, Gallimard, 1960.
KEROUAC, Jack, *Mexico City Blues*, Paris, Christian Bourgeois, 1976.
KEROUAC, Jack, *La vie est d'hommage*, Montréal, Éditions du Boréal, 2016.
LAFORTE, Conrad, *La chanson folklorique et les écrivains du XIXe siècle en France et au Québec*, Montréal, Hurtubise HMH, coll. « Cahiers du Québec », 1973.
LAFORTE, Conrad, *Poétiques de la chanson traditionnelle française*, deuxième édition, Québec, Presses de l'Université Laval, 1993.
LA Rue, Hubert, *Le Foyer canadien*, vol. 1, Québec, 1863.
LEGARÉ, Clément *et al.*, *Beau sauvage et autres contes de la Mauricie*, Québec, Presses de l'Université du Québec, 1990.
LEROUX, Darryl, *Ascendance détournée : Quand les Blancs revendiquent une identité autochtone*, Sudbury, Prise de parole, 2022.
LES Portageux, *Contes et chansons de bûcherons*, Projet Hommes des bois de Simon Rodrigue, 2011.
LOUDER, Dean et Eric Wadell (dir.), *Franco-Amérique*, Québec, Septentrion, 2017.
MARCHANDS de Mémoire, *Sur les traces du territoire*, Sherbrooke, 2019.
MIRON, Gaston, « Un long chemin », *Parti pris*, vol. II, n° 5, janvier 1965.
MIRON, Gaston, *L'homme rapaillé*, Montréal, Éditions Typo, 1998.
MIRON, Gaston, *L'avenir dégagé : entretiens 1959-1993*, édition préparée par Marie-Andrée Beaudet et Pierre Nepveu, Montréal, L'Hexagone, 2010.
MORISSET, Jean, *Sur la piste du Canada errant. Déambulations géographiques à travers l'Amérique inédite*. Montréal, Éditions du Boréal, 2018.
MORISSONNEAU, Christian, *La terre promise : le mythe du Nord québécois*, Montréal, Hurtubise HMH, 1978.
NADEAU, Simon, *L'autre modernité*, Montréal, Éditions du Boréal, 2013.
NEPVEU, Pierre, *Gaston Miron : la vie d'un homme*, Montréal, Éditions du Boréal, 2011.

OLIVIERI-GODET, Rita, *L'altérité amérindienne dans la fiction contemporaine des Amériques*, Québec, Presses de l'Université Laval, 2015.

PICHETTE, Jean-Pierre, «La diffusion du patrimoine oral des Français d'Amérique», *Langue, espace, société. Les variétés du français en Amérique du Nord* (Poirier, Claude dir.), Québec, Les Presses de l'Université Laval, 1994.

PICHETTE, Jean-Pierre, «La chanson de tradition orale des Pays d'en haut: un tour d'horizon», *Francophonies d'Amérique*, n° 40, 2015.

PODRUCHNY, Carolyn, *Les voyageurs et leur monde*, Québec, Presses de l'Université Laval, 2009.

SIOUI, Georges, «Le racisme est nouveau en Amérique», *Écrire contre le racisme: Le pouvoir de l'art* (Chagnon, Alain dir.), Montréal, Les 400 coups, 2002.

SIOUI, Jocelyn, *Mononk Jules*, Wendake, Éditions Hannenorak, 2020.

TACHÉ, Joseph-Charles, *Forestiers et voyageurs*, Montréal, Éditions du Boréal, 2002.

THOREAU, Henry David, *Walden ou la vie dans les bois*, Paris, Gallimard, 1922.

VICTOR, René, *Chansons de la montagne, de la plaine et de la mer*, Montréal, Mémoire d'encrier, 2007.

VIGNEAULT, Gilles, *Le chemin montant*, Montréal, Éditions du Boréal, 2018.

VOLLANT, Florent et Justin Kingsley, *Ninamishken / Je marche contre le vent*, Montréal, Flammarion Québec, 2022.

VOWEL, Chelsea, *Écrits autochtones*, Montréal, Varia, 2021.

WARWICK, Jack, *L'appel du Nord dans la littérature canadienne-française*, Montréal, Hurtubise HMH, 1972.

WHITMAN, Walt, *Feuilles d'herbe*, Paris, Gallimard, 2002.

DANS LA MÊME COLLECTION

Théâtre et Vodou : pour un théâtre populaire, Franck Fouché

Les chiens s'entre-dévorent... Indiens, Métis et Blancs dans le Grand Nord canadien, Jean Morisset

Aimé Césaire. Une saison en Haïti, Lilian Pestre de Almeida

Littératures autochtones, Maurizio Gatti et Louis-Jacques Dorais (dir.)

Refonder Haïti, Pierre Buteau, Rodney Saint-Éloi et Lyonel Trouillot (dir.)

Entre savoir et démocratie. Les luttes de l'Union nationale des étudiants haïtiens (UNEH) sous le gouvernement de François Duvalier, Leslie Péan (dir.)

Haïti délibérée, Jean Morisset

Controverse cubaine entre le tabac et le sucre, Fernando Ortiz

Émile Ollivier, un destin exemplaire, Lise Gauvin (dir.)

Histoire du style musical d'Haïti, Claude Dauphin

Une géographie populaire de la Caraïbe, Romain Cruse

Généalogie de la violence. Le terrorisme : piège pour la pensée, Gilles Bibeau

Trois études sur l'occupation américaine (1915-1934), Max U. Duvivier

Haïti, de la dictature à la démocratie, Bérard Cénatus, Stéphane Douailler, Michèle Duvivier Pierre-Louis et Étienne Tassin (dir.)

Une place au soleil, Haïti, les Haïtiens et le Québec, Sean Mills (traduit par Hélène Paré)

Le corps noir, Jean-Claude Charles

Le territoire dans les veines, Jean-François Létourneau

Andalucia, l'histoire à rebours, Gilles Bibeau

Le Mai 68 des Caraïbes, Romain Cruse

Nous sommes des histoires. Réflexions sur la littérature autochtone,
Marie-Hélène Jeannotte, Jonathan Lamy, Isabelle St-Amand (dir.)
(traduit par Jean-Pierre Pelletier)

Parler en Amérique. Oralité, colonialisme, territoire, Dalie Giroux

Savoirs créoles. Leçons du sida pour l'histoire de Montréal, Viviane Namaste

Méditations africaines, Felwine Sarr

Ainsi parla l'oncle, Jean Price-Mars

L'œil du maître, figures de l'imaginaire colonial québécois, Dalie Giroux

Les Autochtones, la part effacée du Québec, Gilles Bibeau

Les racistes n'ont jamais vu la mer, Rodney Saint-Éloi et Yara El-Ghadban

Baldwin, Styron et moi, Mélikah Abdelmoumen

Voyages en Afghani, Guillaume Lavallée

Le contrat racial, Charles W. Mills
(traduit par Aly Ndiaye *alias* Webster)

*Une histoire d'amour-haine.
L'Empire britannique en Amérique du Nord*,
Gilles Bibeau

Édition — Rodney Saint-Éloi, Yara El-Ghadban
Révision linguistique — Monique Moisan
Direction artistique et design graphique —
Julie Espinasse, Atelier Mille Mille
Mise en page — Karine Cossette
Image en quatrième de couverture —
© Sébastien Langlois

Mémoire d'encrier reconnaît l'aide financière du Gouvernement du Canada par l'entremise du Conseil des Arts du Canada, du Fonds du livre du Canada et du Gouvernement du Québec par le Programme de crédit d'impôt pour l'édition de livres, Gestion Sodec.

Mémoire d'encrier est diffusée et distribuée par :
Harmonia Mundi livre — Europe
Gallimard Diffusion — Canada

Dépôt légal : 2e trimestre 2023
© Mémoire d'encrier, 2023
Tous droits réservés

Catalogage avant publication de Bibliothèque et Archives nationales du Québec et Bibliothèque et Archives Canada

Sébastien, Langlois, 1981 —
Jean-François, Létourneau, 1979 —
En montant la rivière

ISBN (PAPIER) : 978-2-89712-905-7
ISBN (EPUB) : 978-2-89712-906-4
ISBN (PDF) : 978-2-89712-907-1

CIP : LCC ML3563.L31 2023 | CDD 782.42162/114—dc23

L'ouvrage *En montant la rivière*
de Sébastien Langlois et
Jean-François Létourneau est
composé en Stanley regular, d'Optimo.
Il est imprimé sur du papier Enviro
en mars 2023 au Québec (Canada),
par Marquis Imprimeur
pour le compte des éditions
Mémoire d'encrier Inc.